LA MUSICA
È NELLA MIA TESTA

DAMIANO MARINI

Copyright © 2022 Damiano Marini

Tutti i diritti riservati.

Codice ISBN: 9798780938484

Immagine di Copertina di Valentino Villanova

Ai miei genitori

"La disabilità sta negli occhi di chi guarda"
(Anonimo)

...e se a guardarci fossimo noi stessi, cosa vedremmo?

Ho scoperto che ciò che gli altri vedono in me
è la proiezione di ciò che io mostro loro.

1

"Perché quel camion sta rallentando se non ha nessuno davanti?"

È l'ultimo pensiero logico che faccio mentre in sella alla mia moto percorro a velocità moderata la statale che dal mio paese conduce al centro città. L'istante immediatamente successivo vengo preso dal panico.

"No, cazzo. Da dove sbuca quella ruota? Che diavolo ci fa lì? Fermo!"

I pensieri si susseguono con una rapidità tale da non riuscire più ad averne il controllo. Aziono istintivamente il freno, sento la moto che inizia a rallentare, ma percepisco immediatamente che ha perso aderenza, e con la ruota posteriore sta già disegnando una virgola nera sull'asfalto.

"E adesso cosa faccio?"

Non ho il tempo di rispondermi. Ne assecondo il movimento per non ritrovarmi catapultato in mezzo alla strada come un proiettile. La velocità è contenuta. La moto dopo aver derapato quasi si appoggia per terra. Mollo la presa. Nel vederla allontanarsi scintillando al contatto con la strada, chiudo gli occhi e rallento la mia corsa sfregando con la pelle sull'asfalto rovente.

L'attesa è breve, l'impatto è secco, il colpo violento. Mi fermo all'instante.

Un dolore strano mi pervade. È molto diverso da una semplice botta, è una sensazione nuova che non conosco e che non ho mai provato prima. Mi viene in mente l'immagine di un vaso di vetro che cade frantumandosi in mille pezzi, ma anziché rompersi in maniera fragorosa, tutto avviene in un surreale silenzio, come se alla scena qualcuno avesse tolto il volume.

Provo a muovermi ma non ci riesco, non serve nemmeno tentare una seconda volta, le mie gambe non si muovono.

Sono prigioniero di un corpo che sembra non appartenermi più, che non risponde ai miei comandi. Sento un senso di terrore e paura impadronirsi di me, ma anziché trasformarsi in panico, l'adrenalina cresce, rendendomi inspiegabilmente lucido e reattivo. Quasi in preda a uno stato di ipereccitazione deglutisco, ricacciando in gola le lacrime che sento affiorare e mi guardo intorno.

Ricostruisco uno ad uno i pezzi della scena. Davanti a me si delinea controluce la sagoma di una persona rigida come un manichino che mi guarda immobile. I ricordi riaffiorano e mi rivedo percorrere la statale quando improvvisamente da un vicolo alla mia destra uno scooter, dopo aver tagliato la strada al camion che mi precedeva, mi si para davanti. Freno. Scivolo. Sbatto la schiena contro lo spartitraffico. E mi ritrovo qui.

Nel frattempo gli occhi cominciano ad abituarsi al riflesso del sole non ancora allo zenit, e quella sagoma dritta di fronte a me prende le forme di un ragazzo giovane, dai capelli castani, alto e magro. Sembra terrorizzato, mi si avvicina lentamente, con fare sommesso: «non ti ho visto arrivare», dice con voce flebile, piena di sensi di colpa.

Sembrano passate delle ore, eppure sono qui disteso solo da qualche secondo, forse al massimo un paio di minuti. Ho già rinunciato a tentare di rimettermi in piedi, ho capito che sarebbe del tutto inutile e forse è solo questo che mi trattiene dal saltargli addosso.

Mi sento impotente.

Oltre al dolore che inizia a intensificarsi, monta dentro di me una rabbia incredibile.

«Chiedimi almeno come sto! Coglione!», gli urlo contro reagendo d'istinto. Gli insulti non mi fanno stare meglio ma aiutano a sfogare la tensione che sento aumentare e che temo possa finire per farmi impazzire.

«Non vedi che mi hai ridotto in sedie a rotelle?!»

Le mie stesse parole mi raggelano il sangue ed io, che non so nemmeno cosa sia un paraplegico, mi rendo conto di esserlo diventato.

Intorno a me si crea una piccola folla. Il forte vociare mi riporta alla realtà prima che i pensieri possano prendere il volo verso universi sconosciuti. Sento un dolore che si propaga come a macchia d'olio a partire da un punto non ben definito della colonna vertebrale. Il tempo passa a una velocità che non riesco a comprendere, tutto sembra dilatato, lento, interminabile. Mi rendo conto di indossare ancora il casco integrale. Da questa posizione con la testa posata per terra non vedo bene cosa succede lì fuori ma comprendo che tutto si è fermato. Qualcuno si avvicina per soccorrermi.

«Sei Valerio?», sento dire da un uomo castano, di piccola statura e dal volto familiare chino davanti a me.

«Sì sono io», rispondo con voce sorpresa. È Mario, un mio compaesano. Dopotutto sono caduto a poche centinaia di metri dalla chiesa del paese dove sono cresciuto.

Intercetto i discorsi di curiosi che confabulano sul da farsi, e anche se non do loro retta, sento ugualmente qualcuno che propone di girarmi e togliermi il casco. Reagisco d'istinto.

«Non dovete muovermi», urlo, o sussurro, non saprei dirlo. Non riesco più a controllare le mie reazioni, ogni cosa mi viene naturale. «Ho la schiena rotta. Nessuno mi tolga il casco».

Eppure lo toglierei volentieri questo maledetto casco, qui dentro si soffoca, fa un caldo terribile.

«Chiamate mio padre, per piacere», continuo quasi piangendo rivolto a Mario che cerca di sincerarsi delle mie condizioni. Mi fa delle domande, lo intuisco dalle sue labbra che si muovono, ma io non lo ascolto. Ho smesso di ascoltare il mondo esterno. Sento solo il pulsare lento e intenso di un dolore che non smette di propagarsi e che è totalmente contrapposto al battito accelerato del mio cuore.

Vedo mio padre che mi tende la mano. È in ginocchio, ha gli occhi lucidi e le guance rigate dalle lacrime. È senza parole.

«Va tutto bene», gli dico guardandolo, ma non so se crederci e non penso nemmeno d'essere stato molto convincente.

Non lo avevo mai visto piangere, o almeno non in questo modo. L'immagine mi turba terribilmente. Intuisce immediatamente che la situazione è grave e in cuor suo sa di non poter fare nulla per aiutarmi. Non riesco a immaginare cosa stia provando e cosa gli possa passare nella mente e nel cuore. Dentro di me inizia a farsi spazio un senso di colpa che contrasta con l'idea di non aver fatto nulla di sbagliato e di essere semplicemente la vittima di tutto questo e non l'artefice.

In lontananza riconosco il suono dell'ambulanza che si sta avvicinando. Le sirene si spengono, ormai è vicinissima. Conto il tempo che mi separa dall'arrivo dei miei soccorritori. Sento il rumore di una frenata e di portiere che si aprono. I sanitari scendono con fare deciso e sbrigativo e senza tanto curarsi di adoperare buone maniere allontanano con grandi gesti tutte le persone che mi stanno attorno. Davanti a me si apre un varco e vedo arrivare tre persone vestite di arancione.

«Ho la schiena rotta», li anticipo prima ancora che possano sentirmi.

Hanno un modo molto risoluto di muoversi, come se si trattasse di una danza di cui conoscono a memoria tutti i passi, ma allo stesso tempo trasmettono calma e sicurezza, per questo il loro fare risulta dolce e rassicurante.

«Come stai?», mi dice la dottoressa curva su di me.

«Ho la schiena rotta», ripeto.

«Portate la tavola spinale. Mettiamolo in sicurezza e poi togliamogli il casco. Nel frattempo, gli faccio una iniezione di antidolorifico».

Con gesti decisi ma delicati mi fanno rotolare sopra l'asse in posizione supina. La tavola sulla quale mi posano è dura, mi immobilizzano con delle cinghie, mi stabilizzano il collo e poi provvedono a togliermi il casco.

Finalmente respiro!

Vedo due sanitari scaricare dall'ambulanza una barella e avvicinarla a me.

«Al mio tre lo alziamo e lo posizioniamo qui sopra. Uno, due, tre...»

Tutto si svolge velocemente e quasi senza rendermene conto mi ritrovo dentro l'ambulanza che sfreccia a sirene spiegate verso l'ospedale. Immagino le macchine rallentare e scansarsi al nostro sopraggiungere, mentre qui tutto è ovattato e calmo. Sento le forze abbandonarmi.

«Come ti senti?» È la voce della dottoressa che seduta al mio fianco mi parla con voce calma e gentile.

«Il dolore sembra attenuarsi e va un po' meglio». Le parole mi escono lentamente ma decise. Avverto dal tono della mia voce una strana e impercettibile nota di rassegnazione. Se prima, disteso sull'asfalto, era tutto urgenza, caos, agitazione, paura, qui dentro l'unica cosa che resta da fare è attendere.

Mi rendo conto solo ora che si tratta di una ragazza giovane, dai lineamenti graziosi, bionda e dai profondi occhi azzurri. Indossa la caratteristica divisa catarifrangente degli operatori della Croce Rossa e a un primo sguardo deve avere più o meno la mia età.

Mi perdo ad osservare il suo viso e a domandarmi cosa stia pensando. Si starà domandando se ha agito per il meglio, eseguendo tutte le procedure alla perfezione? O forse starà pensando a tutt'altro, tentando di non farsi coinvolgere emotivamente dalla mia vicenda e dal dolore che in un certo qual modo io provo a condividere con lei?

«Perché proprio a me?», dico interrompendo un silenzio surreale. «Perché proprio a me?», ripeto a voce più alta, pochi istanti dopo, convinto che non mi abbia sentito.

In verità mi ha sentito benissimo, ma probabilmente, nonostante abbia soccorso molti altri pazienti prima di me, non sa cosa rispondere. Glielo leggo negli occhi.

Non mi ci vuole molto per rendermi conto che sto solo cercando qualcuno a cui affidare la responsabilità di quel che è successo, che possa condividere e in qualche modo alleggerire questo dolore che sento crescere e che non posso ricondurre semplicemente alla carne.

La guardo ancora, cercando di rubarle un po' di quella serenità che i suoi occhi chiari sanno trasmettermi. Ciò che le chiedo stupisce anche me: «pregheresti insieme a me?»

Mi sono spesso rifugiato nella preghiera per trovare conforto e serenità quando i miei problemi sembravano insormontabili. Ma nulla prima d'ora è paragonabile a questo.

Non è tenuta a farlo, ma accetta, e preghiamo insieme per qualche minuto. Le parole dell'Ave Maria mi cullano e placano per un attimo il mio stato di agitazione e la mente si rifugia in ricordi recenti fatti di luoghi incantati.

Le porte si aprono, la barella si muove, la dottoressa scende e senza avere il tempo di salutarla mi ritrovo a percorrere a gran velocità i corridoi del Pronto Soccorso.

Racconto tutto ad una nuova dottoressa che avvertita del mio arrivo già mi attende all'interno di un ambulatorio. Mi trasferiscono su un letto, di quelli da sala operatoria, duro e freddo. Mi tagliano i vestiti, mi spogliano e cominciano a medicarmi. Mi accorgo solo ora che il braccio sinistro è completamente abraso. Scivolando devo averlo sfregato sulla strada raccogliendo una quantità imprecisata di asfalto.

Con fare energico la dottoressa mi gratta via con una garza sterile l'asfalto dal braccio. Urlo. Il dolore è terribile e non riesco a trattenere le lacrime.

Con delle pinze rimuove i piccoli sassolini che si sono incastonati nella pelle, il tutto ovviamente senza anestesia. Come è possibile che mi faccia così male se fino a pochi minuti fa nemmeno me ne ero accorto?

«Si fermi un attimo, la prego», dico con le lacrime agli occhi e il respiro corto. La dottoressa è gentilissima e comprende la situazione.

«Ok», risponde gettando la garza sporca di sangue ed afferrandone una nuova sterile. «Ancora un piccolo sforzo e abbiamo terminato. So che fa male, ma dobbiamo pulirlo bene, altrimenti farà infezione». Pochi istanti dopo riprende con la pulizia.

All'interno dell'ambulatorio il clima si è fatto teso: oltre alla dottoressa ci sono due infermiere, che dopo le prime urgenti operazioni stanno compiendo altri gesti che non comprendo, mentre disteso sul lettino rispondo alle loro domande cercando di essere il più collaborativo possibile.

«Cosa ti ricordi di quello che è successo?», mi chiede l'infermiera con gli occhiali e con i capelli raccolti sotto una cuffia dalla quale esce un ricciolo ribelle di colore corvino.

«Ricordo che mi hanno tagliato la strada, ho perso il controllo della moto, sono scivolato per terra e ho battuto da qualche parte».

«Ti ricordi dove hai sbattuto?», prosegue dopo aver posato qualcosa sul tavolo ed essersi avvicinata al mio lettino. La dottoressa al mio fianco, nel frattempo, ha terminato l'operazione di pulizia e inizia a spalmarmi un unguento sulla ferita.

Incalzato dalle sue domande come sotto interrogatorio racconto di aver sbattuto contro lo spartitraffico, di non aver mai perso conoscenza e di aver sentito come se qualcosa fosse esploso dentro la schiena ed immediatamente dopo non aver più sentito le gambe. L'infermiera visibilmente preoccupata dalle mie risposte incrocia lo sguardo della dottoressa in cerca di direttive.

«Prenda delle garze sterili e gli fasci il braccio», dice quest'ultima dopo aver terminato la medicazione, e voltandosi verso di me inizia a premere con decisione sul torace all'altezza dei polmoni.

«Se schiaccio qui ti fa male?», mi chiede.

«No».

«E qui?», ripete dopo aver premuto le mani sul ventre.

«No, non mi fa male da nessun'altra parte», rispondo con assoluta certezza e un po' di impazienza.

«Va bene, ma sempre meglio controllare».

Rispondere alle loro domande mi tiene vigile, attivo, mantengo un controllo e un sangue freddo che non mi so spiegare. Non mi lascio andare alla disperazione, ancora non ho versato una lacrima. Eppure, mi è sempre più chiaro il destino che mi sta aspettando.

«Se invece schiaccio qui fa male?», chiede questa volta toccandomi i piedi.

«Mi scusi», le dico, «ero distratto e non ho sentito

dove ha schiacciato. Potrebbe riprovare?»

La vedo esitare come se non volesse arrendersi a quella sentenza che, seppur non detta, aleggia nell'aria e volesse provare nuovamente a toccarmi i piedi in cerca di qualche reazione, ma dopo qualche istante rinuncia e toglie di scatto le mani dal lettino.

L'ansia sale ma provo a reagire con umorismo e senza pensarci chiedo in tono allarmato: «per caso avete intenzione di tagliarmi i capelli?»

Forse sto solo delirando.

«E perché mai?», risponde la dottoressa a sua volta preoccupata interrompendo per un attimo la stesura del referto mentre le infermiere mi guardano con fare curioso e quasi divertito. Ho la netta sensazione che pensino che sia matto.

«Quando nei film o nei telegiornali fanno vedere le persone gravemente malate sono sempre tutte rasate a zero».

Non so perché sto facendo questa associazione di idee. Forse perché per la prima volta senza la necessità di guardarmi allo specchio mi percepisco come una persona gravemente malata? E poco importa se il mio è un trauma e non una malattia. Intuisco che anche loro fatichino a trovare il senso di queste mie parole per cui continuo: «se avete intenzione di tagliami i capelli, ditemelo. Perché io fuori da qui con i capelli rasati non ci vado».

«Tranquillo, i tuoi lunghi capelli ricci non te li tocca nessuno».

«Allora procediamo pure con le cure» sospiro più tranquillo con fare melodrammatico come se questa mia affermazione mi avesse davvero dato la possibilità di decidere del mio destino.

La tensione si alleggerisce un po'. Scoppiano a ridere. Anche loro sono tese. «Sei fuori di testa», mi dice la dottoressa riprendendo a scrivere.

Mi lascio per un attimo contagiare e scoppio anche io in una risata liberatoria, facendo uscire per la prima volta parte di quella tensione e rabbia che si stanno accumulando dentro di me.

Mentre attendo che mi portino in radiologia per fare una TAC per capire l'entità del trauma, comprendo che quanto uscito dalle mie labbra è molto più di una semplice battuta di spirito. I capelli sono il simbolo della mia vanità. Sono un mio tratto distintivo. Sono la mia identità. Ed è come se temessi che in questa sala di ospedale possano togliermi un'altra cosa che amo particolarmente, dopo che con la rovinosa caduta di poco fa se ne è già andata irreparabilmente una buona parte di chi sono. E mi chiedo: "riuscirò a guardarmi ancora allo specchio? Accetterò di poter ugualmente piacere a qualcuno anche seduto su una sedia a rotelle?"

Tutto d'un tratto mi sento stanco e attraversando la porta dell'ambulatorio penso agli avvenimenti delle ultime ventiquattro ore. Ieri sera ero allo stadio con gli amici sorseggiando birra in una calda sera d'estate. Questa mattina sono uscito di casa guidando la moto come tutti i giorni per recarmi in cantiere, dove mi aspettavano l'architetto e il direttore dei lavori ai quali, in qualità di ingegnere, avrei dovuto consegnare il progetto dell'impianto elettrico di un nuovo stabilimento produttivo. Nonostante lo stress per i frenetici ritmi che sempre si innescano a pochi giorni dall'inizio delle vacanze, ero eccitato all'idea che la sera sarei partito con gli amici per un weekend al mare. E invece, mentre i miei piani sono andati per sempre in frantumi, mi ritrovo qui disteso in attesa che i medici decidano cosa ne sarà di me e delle mie gambe.

2

I pensieri tornano a vagare e per un attimo penso ai miei genitori. Chissà cosa staranno facendo, ma soprattutto come si sentiranno. Me li immagino qui fuori in ansia in attesa di ricevere qualche notizia confortante da parte del medico di turno.

«Signora, suo figlio non camminerà più».
A mia madre manca il fiato, si sente svenire. Si lascia cadere sulla prima sedia che trova lungo il corridoio del pronto soccorso e cerca di riordinare le idee.
«Ma come sta?»
«Suo figlio deve essere operato immediatamente. Ha subìto una lesione midollare che lo costringerà a vivere su una sedia a rotelle, ma dobbiamo intervenire con urgenza per non aggravare la situazione».
Ancora una volta la schiettezza con cui riceve queste informazioni sembra una lama che le si infila nel cuore e la lascia impietrita. Il suo viso però rimane imperturbabile. Passato il primo momento di smarrimento si consulta con mio padre che è lì al suo fianco. Lo avevo lasciato che piangeva in mezzo alla strada. Ora assieme a mia madre devono decidere cosa sia meglio per me. Oltre alla sofferenza per la condizione del proprio figlio devono anche assumersi la responsabilità di prendere una decisione così difficile.

«Che rischi ci sono, Dottore?», chiede mio padre con fare risoluto, ma colmo di preoccupazione.

«L'operazione è complessa, dalla radiografia si vede chiaramente che la vertebra è esplosa andando a schiacciare completamente il midollo. Dobbiamo operare per liberare quello spazio che ora è occupato dai frammenti di osso. Non ci sono garanzie purtroppo».

«Ma se non operiamo?»

«Potremmo rischiare un'emorragia interna».

«Potrebbe morire?»

Le parole escono come un sussurro. Sono parole che nessun genitore si aspetterebbe di dover mai pronunciare.

«Non possiamo escluderlo, ma non fare niente potrebbe avere conseguenze peggiori che operare».

La decisione è presa.

Sto ancora immaginando la scena che potrebbe essersi svolta qui fuori quando vedo mia madre entrare nell'ambulatorio. Scoppio immediatamente a piangere, perdo completamente il controllo.

«Ti opereranno di urgenza. Vedrai che andrà tutto bene», mi dice.

«Cosa ho fatto di male, mamma, per meritarmi questo?»

«Nulla, Valerio. Non hai fatto nulla. Ora cerca di calmarti che tra un po' ti prepareranno per l'anestesia». Mi tiene una mano mentre mi osserva con lo sguardo colmo di amore e comprensione che solo una madre sa avere nei confronti del proprio figlio.

Si dimostra forte, sicura. Io crollo. Non riesco a

fermarmi dal piangere, non capisco più niente. Sono esausto e mi affido a lei.

«Mamma, dovresti farmi un piacere», le dico intuendo che ci rimane pochissimo tempo prima che ci allontanino, «dovresti chiamare i miei amici e dire loro che preghino per me».

Nel rispondermi, per rassicurarmi che ha capito, la vedo frugare nella borsa che porta con sé. Tira fuori uno scontrino di carta e con le mani tremanti che tradiscono la sua insicurezza si appunta i loro nomi. Poi la vedo cercare qualcos'altro.

«E questo da dove sbuca?», dice con tono stupito mentre mi porge un tagliandino di cartone che riconosco immediatamente. È un piccolo santino che non ricordava nemmeno di avere con sé. Rappresenta il volto di Cristo del crocifisso della nostra piccola chiesa di paese.

In quell'istante le infermiere mi dicono che è tempo di andare. La guardo negli occhi e le dico: «ciao mamma».

«Ci vediamo tra poco», mi risponde cercando di dissimulare la paura.

Le passo vicino con la barella, mi dà una carezza sul viso. Io la saluto stringendo forte tra le mani il santino.

In sala operatoria la paura si impadronisce di me e penso che se qualcosa dovesse andare storto potrebbe essere stata l'ultima volta che ho visto i miei genitori. Con questo stato d'animo mi ritrovo a pregare con le parole scritte sul retro del santino.

Mentre sento l'ago della siringa iniettarmi un liquido caldo nella schiena, percepisco i sensi che lentamente mi abbandonano:

"Padre mio,
mi abbandono a te,
fa' di me quello che vuoi…"

3

Avvolto da una strana sensazione di torpore apro gli occhi. Lo faccio molto lentamente, il gesto mi costa fatica, le palpebre sembrano incollate e gonfie. Forse sto ancora sognando, la testa mi gira, la sento pesante. È tutto molto confuso. I miei occhi si abituano un po' alla volta alla luce.

Metto a fuoco l'ambiente e – ancora un po' sfocato – vedo il soffitto di un lungo e largo corridoio scorrere sopra la mia testa. Sono disteso, con le braccia lungo i fianchi, coperto da un lenzuolo bianco. Mi sto muovendo sopra una barella, diretto chissà dove. L'ultimo ricordo nitido è un santino che reggevo tra le mani in attesa dell'anestesia. Lo cerco a tastoni e incredibilmente lo trovo proprio lì, sotto il palmo della mano destra.

Questo vuol dire che sono ancora vivo.

Quando si accorge che mi sono svegliato, il mio barelliere si sporge in avanti, interponendosi tra me e il susseguirsi di lampade del soffitto che da qualche secondo sto osservando quasi ipnotizzato. Mi rivolge il suo miglior sorriso. Impiego qualche secondo prima di reagire. Tutto è confuso.

«Chi sei?», gli chiedo in modo più brusco di quanto non fosse mia intenzione. Sento la bocca impastata e uno sgradevole sapore amaro. La voce esce con un suono fastidioso e rauco. Tutto il mio corpo sta tornando alla vita con fatica, come se fosse stato in letargo per un intero inverno.

Lui mi osserva con fare paziente senza dar peso ai miei modi scontrosi. È giovane, ha i capelli corti, dei profondi occhi scuri e la carnagione olivastra.

Ha un nome impronunciabile e dalla sua bocca escono suoni del tutto incomprensibili. Ma dove sono finito? Mi domando. È tutto così surreale e difficile da comprendere.

La testa sta per scoppiarmi: troppe informazioni, troppi stimoli tutti insieme. Anche se per me è durata solo un battito di ciglia, questa operazione non è stata una passeggiata e senza esagerare comprendo che rappresenterà lo spartiacque della mia vita.

«Forse era meglio se dormivo ancora un po'», rispondo con fare stizzito, prima di ripiombare in un sonno profondo.

È la terza volta che mi sveglio da quando sono uscito dalla sala operatoria. Le volte precedenti ricordo di aver visto il volto teso e stanco dei miei genitori che mi vegliavano come due angeli custodi. Non ricordo però di essere riuscito a pronunciare alcuna parola e di essere ripiombato quasi subito in un dormiveglia tormentato. Ora al loro fianco c'è anche Stefania, una delle mie migliori amiche.

Dopo essermi stropicciato gli occhi con i palmi delle mani, operazione che mi costa una fatica incredibile rispetto alla semplicità del gesto che sto compiendo, allungo un braccio e le stringo la mano. Poi, richiamato da un forte vociare, con un accenno della testa indico la

porta dalla stanza. «Ciao Stefi. Cosa succede lì fuori?»
Dal corridoio giungono i rumori di parenti e amici che stanno arrivando e già affollano la sala d'attesa.

«Non sono molto presentabile in queste condizioni», le dico sorridendo a denti stretti.

Stefania scoppia a ridere, tanto da richiamare l'attenzione dell'operatore di turno, che infila la testa dentro la stanza e con le dita sulle labbra ci fa il gesto di fare più silenzio. La sua è una risata isterica, piena di tensione accumulata da ore in apprensione per l'assenza di informazioni certe e per quella prima sconvolgente diagnosi.

Il suo volto si riga di lacrime.

Assieme a lei c'è Alessio che mi fa un cenno con la mano e si ferma silenzioso ai piedi del letto. Sono entrambi amici d'infanzia, con i quali amo condividere le serate spensierate, le risate, i balli e qualche bevuta. Lei è una bella ragazza, dai lunghi capelli castani, alta, formosa e dai modi un po' mascolini. Lui al contrario è mingherlino, con i capelli biondo platino, gli occhi azzurri e un'andatura snodata che gli conferisce un fare aggraziato.

«Dai, non piangere», le dico.

«Non ci riesco, Vale», risponde balbettando.

«Dai, smettila ti prego».

Sento salire le lacrime, ma non voglio cedere. Provo a sforzarmi, deglutisco con energia quasi a ricacciarle in gola. Ma non ce la faccio e mi lascio andare in un pianto.

Mi abbraccia con delicatezza. Quando tento di protrarmi verso di lei, mi rendo conto di non farcela. Non riesco praticamente a muovermi. Il braccio sinistro è fasciato e dolorante, la schiena è immobilizzata. E dall'ombelico in giù... be' li non sento più nulla. Così, istintivamente alzo le lenzuola e mi guardo per la prima volta il basso ventre.

E vedo che sono praticamente nudo.

«Mi esce un tubo azzurro dal pene», dico con il terrore nella voce.

Mentre pronuncio quelle parole mi accorgo che Alessio fa una smorfia di fastidio come se si stesse immaginando lui stesso di avere un catetere infilato dentro alle mutande. Si avvicina e mi saluta stringendomi la mano mentre nei suoi occhi posso vedere il dolore che prova.

Resisto solo pochi istanti prima di ritornare come pietrificato a guardare sotto le lenzuola senza riuscire a distogliere lo sguardo da quell'immagine. La mia in fondo è più una reazione involontaria al pensiero di dove è infilato quel tubo azzurro che collega il mio pene ad una sacca di plastica appesa a bordo del letto, più che il reale fastidio che mi dà. Anzi, è proprio l'assenza di fastidio, il non sentire nulla, che mi lascia esterrefatto.

«Così non devi fare nemmeno la fatica di andare in bagno», mi dice Alessio nel maldestro tentativo di alleggerire la tensione, «ci vorrebbe a me quando torno a casa il sabato sera».

Di ridere però non ne ho voglia, anche se apprezzo il tentativo.

«Ragazzi, non c'ho coraggio», rispondo mentre abbasso il lenzuolo e li guardo in cerca della loro comprensione.

«Di fare cosa?», mi chiede Stefania.

«Di toccarmelo».

«Vale, te lo tocco io se vuoi», dice di getto con il suo

fare comico che ancora una volta contrasta con il clima che stiamo vivendo. Ma dopotutto non ci era mai capitato di dover affrontare una situazione così drammatica e lo stiamo facendo nel solo modo che conosciamo e con cui abbiamo sempre affrontato la vita fino ad oggi, scherzandoci sopra.

Ma non è più tempo di scherzare.

Questa volta sorrido, ma un istante dopo, serio, le chiedo: «e se me lo tocco e non sento niente?»

Infilando la mano sotto le coperte provo a tastarmi i genitali.

È come se stessi toccando un corpo del tutto estraneo. È qualcosa di stranissimo e indescrivibile. Toccare qualcosa di "così intimamente mio", ma percepirlo solo tramite il tatto. La mano sente i testicoli ma i testicoli non sentono la mano. Provo più forte: provo a pizzicarmeli. Provo una seconda volta. Niente, non percepisco neppure il dolore.

Piango.

E con la vista offuscata dalle lacrime vedo i miei genitori farsi avanti ed accarezzarmi la fronte.

I dottori entrano per il giro medico e fanno uscire tutti.

«Sig. Montini come sta?», mi dice un uomo in camice bianco, di bassa statura, un po' stempiato, dal fare sicuro e dal tipico accento siciliano «sono il dottor Lo Russo, il chirurgo che l'ha operata». Il tono della sua voce è perentorio e profondo.

«Grazie Dottore».

«Non mi deve ringraziare. Ho fatto solo il mio

dovere. Lei è giovane e forte, e vedrà che ce la farà».

«Ma tornerò a camminare, Dottore?». La domanda che esce come un sussurro, dentro di me risuona come un urlo straziante. Colgo nel dottore un attimo di esitazione prima di rispondermi.

«Questo non glielo posso dire, signor Montini. Ma lei non si deve arrendere».

Non capisco se voglia infondermi speranza o se la sua sia solo una frase di circostanza, ma non faccio a tempo ad elaborare il pensiero che prosegue: «l'operazione è andata bene. È durata circa otto ore. Non è stato facile. La vertebra L1 è esplosa nell'impatto e si è conficcata dentro al canale midollare. Così facendo ha schiacciato il midollo spinale, causandole la perdita dell'uso delle gambe. È stato molto complicato rimuoverla, ma abbiamo fatto del nostro meglio».

Stordito da tutte queste informazioni e pervaso dalla sensazione di non averne compreso tutte le sfumature riprendo da dove ero rimasto.

«Questo vuol dire che ora potrò recuperare l'uso delle gambe?»

Questa volta prima di rispondere il medico sospira in modo molto evidente nel tentativo di ricercare le parole corrette.

«Come le dicevo questo non glielo posso garantire. Le posso solo dire che siamo intervenuti molto velocemente, e questo potrebbe essere un elemento importante. Non le nego però che la situazione si presentava molto complessa».

«Dottore, cosa devo fare?»

Ora la domanda suona più come una supplica.

«Per ora niente, signor Montini».

«Signori, è tempo di andare a casa».

È ormai sera e a parlare è la caposala, che, entrata in camera, invita i miei genitori a uscire e lasciarmi solo.

Ma mia madre risponde di getto che lei rimane qui e non va da nessuna parte, poi, rivolta verso mio padre lo invita ad andare a casa a riposare.

La caposala, un po' stizzita, prova con un approccio più morbido a convincerla che qui non c'è bisogno di lei e che anche restando non potrebbe fare nulla.

«Signora», risponde mia madre quasi sillabando le parole, «le ho detto che questa notte sto qui con mio figlio».

Vedo la caposala tentennare e cercare di ribattere, per poi ammutolirsi, forse comprendendo le preoccupazioni di una madre.

«Le porto dei cuscini, signora», dice con fare gentile uscendo dalla stanza.

«Dai, tu vai a casa. Domani ci diamo il cambio», dice mia madre rivolta a mio padre prima di accompagnarlo all'uscio. Si danno appuntamento al giorno dopo, poi mia madre rientra e si accomoda sulla sedia a fianco del mio letto.

Effettivamente non è che mia madre possa fare molto ma la sua presenza ha la capacità di infondermi un po' di sollievo.

È la prima notte che trascorro cosciente da quando non posso più muovere le gambe. E nonostante senta addosso una stanchezza terribile, prendere sonno si rivela un'impresa titanica. Tutto intorno il silenzio è quasi glaciale. Poche ore fa dal corridoio sopraggiungevano i tipici rumori da ospedale: ruote di carrelli che scorrono cigolando lungo le corsie, il calpestio dei medici e degli infermieri intenti a correre da una stanza all'altra, il vociare di familiari e parenti che chiedono in quale stanza è ricoverato il proprio caro.

Ora da quella porta arriva solo il suono metallico e cadenzato di qualche macchinario installato chissà dove, che rompe il silenzio e scandisce il lento, lentissimo, passare del tempo.

Cosa ci sarà fuori da quella porta? penso mentre fatico ad addormentarmi. Mi hanno detto che sono ricoverato al reparto di ortopedia al secondo piano del blocco centrale, ma il mio nuovo mondo per ora termina lì, sul ciglio di quell'uscio. Osservo la luce provenire dal corridoio e penso a come quella soglia sia diventata lo stretto passaggio che mi divide dall'ignoto, le mie invalicabili colonne d'Ercole.

La mente vaga. Il viaggio per tornare a casa è appena iniziato.

«Mamma», sussurro, sperando per un attimo di scacciare i cattivi pensieri.

«Sono qui», mi dice prontamente sistemandosi sulla sedia. Chissà se stava dormendo o se i pensieri sul mio futuro la angosciano quanto me.

«Ho paura. Mi sento solo», dico con le lacrime che sento scorrere calde lungo le guance. È buio e mia madre non può vederle, ma sono sicuro che comprende il mio dolore.

«Sono qui io, non sei solo».

«Lo so, ma oggi sono venuti a trovarmi i miei amici, mi hanno fatto compagnia per un po', ma poi se ne sono andati. Io invece sono rimasto. Questo dolore è rimasto».

Avrei tanta voglia di gridare forte ma il suono della voce mi si strozza in gola e finisco per continuare a piangere silenziosamente con la testa infossata nel cuscino.

Mia madre rimane in silenzio, mi carezza dolcemente.

Rimango tutta la notte in un dormiveglia fatto di incubi, sogni infranti, viaggi verso l'ignoto. Aspetto con trepidazione le luci dell'alba e l'arrivo dei miei amici a scacciare almeno per qualche ora questo terribile faccia a faccia con la mia nuova condizione e con questa domanda che mi perseguita e alla quale non so trovare alcuna risposta: cosa ho fatto di sbagliato per meritare una punizione così severa?

4

Sono sveglio già da un po' quando vedo mia madre alzarsi e uscire dalla stanza. Non credo abbia dormito molto.

È agosto e il clima all'esterno è rovente, mentre qui in reparto si respira l'arrivo delle vacanze. Anche gli operatori sembrano lavorare a ritmo più blando, propensi ogni tanto a chiudere un occhio sulle rigide regole del reparto.

In camera sono da solo, il letto accanto al mio è vuoto, e questo per ora si è rivelato davvero un gran privilegio. Ieri i miei amici si sono potuti fermare in camera oltre il tempo consentito per le visite e anche la presenza di mia madre per tutta la notte è stata favorita da questo aspetto. La camera non è molto grande: sulla parete alla mia sinistra c'è la porta d'entrata, accanto al letto è posizionata la sedia sulla quale è rimasta seduta scomodamente mia madre tutta la notte, e infine, tra i due letti un piccolo comodino sul quale sono appoggiati una bottiglia d'acqua e dei fazzoletti.

Mia madre non è ancora di ritorno, quando sento una voce che non conosco: «ciao Valerio, io sono Francesca, e loro sono Claudia e Laura». L'infermiera di turno indica un'operatrice socio-sanitaria vestita con la caratteristica divisa verde acqua e una giovanissima infermiera dai modi incerti e il fare insicuro.

«Come stai oggi?», mi chiede in tono pacato.

«Come vuole che stia!? Come mi avete lasciato ieri. Non mi sono mosso». Cerco di essere divertente ma il mio tentativo non ottiene il risultato sperato. Incurante del mio pessimo sarcasmo la donna prosegue: «tra poco arriverà la colazione, ma prima ti laviamo».

Con gesti quasi sincronizzati indossano un grembiule di quelli usa e getta e si infilano dei guanti in lattice. Il mio volto si trasforma in una smorfia di stupore, mentre cerco di capire come faranno a portarmi in bagno, dal momento che non riesco nemmeno a mettermi seduto con la schiena appoggiata alla testiera del letto.

Nell'intuire i miei pensieri l'infermiera prosegue sorridendo: «non ti preoccupare, fino a quando resterai ricoverato qui non farai la doccia, ma ti laveremo noi direttamente sul letto usando queste», dice, mostrandomi una caraffa d'acqua e delle spugne.

La cosa non mi stupisce affatto, in queste condizioni è l'unica soluzione percorribile. Mi stupisco piuttosto di non essermi reso conto prima di quanto il mio sudore abbia un odore terribilmente acre e pungente. Facendo il gesto di annusarmi l'ascella e storcendo il naso in maniera teatrale cerco ancora una volta di fare il simpatico: «credo proprio sia necessario, se non voglio far scappare tutti i miei visitatori».

«Molto bene. Iniziamo». Nel dirmi queste parole le infermiere si posizionano la mascherina chirurgica sulla bocca e con fare esperto, dopo aver rimosso le lenzuola ed essersi messe due da un lato del letto e una dall'altro, mi afferrano e di peso mi fanno ruotare su un fianco.

«Piano, piano... vi prego», dico sentendo tutta la schiena scricchiolare e un dolore profondo acuirsi.

L'espressione un po' sbruffona che mi dipingeva il

viso scompare subito lasciando il posto ad una smorfia di dolore.

«Tranquillo, abbiamo già finito», mi dicono mentre rivolgo il mio fondoschiena all'operatrice che mi sorregge da dietro.

«Prima però dobbiamo occuparci dello svuotamento», prosegue l'infermiera che mi sta di fronte.

«E cosa dovremmo svuotare?», rispondo tra l'ingenuo e il preoccupato.

Ignorando la mia domanda proseguono indaffarate.

«Laura, passami la spugna e avvicinami il carrello, per cortesia», dice la capo infermiera alla tirocinante, mentre l'operatrice infila una tela cerata tra me e il letto.

Resto a guardarle con curiosità, iniziando a intuire ciò che mi sta per succedere. Mi perdo a pensare a quante volte devono aver ripetuto questa operazione. Si muovono all'unisono quasi senza parlare, se non per dare di tanto in tanto indicazioni alla ragazza meno esperta. Fanno tutto con decisione e professionalità. Mi meraviglio di come riescano a fare cose per cui al posto loro proverei ribrezzo e mi ritrovo a pensare che io, probabilmente, non sarei mai in grado di occuparmi dell'igiene intima di una persona. Al contempo, però, non mi ero mai nemmeno trovato a riflettere su cosa potesse provare una persona che necessita di aiuto anche per i bisogni primari, e provo verso di loro un senso di profonda gratitudine.

Pur non percependo nulla, ho ormai compreso ampiamente come l'operatrice alle mie spalle stia armeggiando con il mio ano per cercare di farmi defecare.

Senza alcuna sensibilità sono costretto ad affidarmi ad altri sensi per capire cosa stia succedendo. Nonostante sia tutto nuovo per me, il rumore che sento è talmente eloquente e la scia di puzza talmente forte che non ho alcun dubbio sul fatto di avergliela letteralmente fatta addosso.

Divento immediatamente rosso dalla vergogna e sento il viso avvampare di calore. Per fortuna non mi posso girare e questo mi evita di trovarmi nell'imbarazzante situazione di doverla guardare negli occhi. Lei però non ha alcuna reazione o almeno riesce a dissimularla senza che io riesca a notarlo e mi pare di vederla proseguire nel suo lavoro con una professionalità ammirabile, cercando di non farmi sentire in alcun modo a disagio.

Una volta conclusa l'operazione mi versano dell'acqua tiepida con la caraffa, grattando energicamente con la spugna. Quando escono dalla stanza sono pulito e profumato, l'odore terribile per ora se ne è andato lasciando spazio ad una sensazione di leggerezza.

Ma addosso mi è ugualmente rimasto un senso di vergogna ed imbarazzo che non saranno sufficienti un po' di acqua ed una spugna a detergere e lavare via.

Medito su come oltre alla vescica, l'incidente si sia portato via anche lo sfintere. Il mio sistema nervoso non funziona più. Mi domando quante altre conseguenze porti con sé un trauma al midollo spinale e quanto tempo ci metterò per scoprirle tutte.

«Come stai?» dice mia madre a voce bassa entrando

in stanza e distogliendomi per un attimo dai miei pensieri.

«Ho appena cacato in faccia all'infermiera» rispondo di getto.

E mentre lo dico non so se ridere o piangere.

5

Dopo colazione è nuovamente il turno del giro medico da parte del chirurgo al quale continuo a porre sempre le stesse domande, ricevendo sempre le stesse evasive risposte. Per fortuna non ho modo di pensarci troppo perché è già tempo delle prime visite di amici e parenti.

Dalla porta vedo entrare la zia, una donna piccola di statura, sulla settantina, con i capelli corti e ricci, seguita dallo zio, anche lui piccolo e mingherlino, leggermente più anziano, ma sempre in ottima salute nonostante l'età.

Lei mi saluta con gli occhi arrossati dalle lacrime, asciugate alla meno peggio poco prima in corridoio. La conosco bene e sono sicuro voglia mostrarsi forte per infondermi coraggio, ma non riesce a dirmi "ciao" che già ricomincia a piangere.

Provo a tranquillizzarla dicendole che tutto sommato sto bene e per un attimo ho la sensazione che tra i due chi ha bisogno di essere consolata sia lei.

«Prego tanto» aggiunge poi. «Vedrai che con il tempo si aggiusterà tutto».

All'udire le sue parole senza volerlo mi irrigidisco.

"Il tempo aggiusta tutto". Frasi di circostanza, dette in mancanza di alternative. Certo, pronunciate con il cuore, ma che alle mie orecchie suonano ugualmente stonate perché qualcosa dentro di me mi dice che non sarà affatto così. In realtà ogni incoraggiamento sembra fuori luogo, ogni pacca sulla spalla un gesto di misera compassione.

Mia zia non sapendo cos'altro dire prosegue balbettando tra le lacrime che scendono copiose, «ti ho visto nascere e muovere i primi passi, ricordo come se fosse ieri quando correvi in giardino. Quanti calci ti ho visto tirare al pallone...»

Invece di incoraggiarmi, le sue parole mi rimandano con i ricordi all'infanzia, che improvvisamente mi sembra ancora più lontana. Mi tornano alla mente le immagini di quando ero ragazzino, della felicità che mi dava tirare calci ad un pallone nel cortile di casa, sognando di diventare da grande un calciatore ed emulare le gesta del mio idolo Roberto Baggio. Come in quella calda estate del 1994 quando scartando uno dopo l'altro gli avversari come birilli arrivò ad un passo dal coronare il sogno di tutti noi: diventare campioni del mondo. Ma oggi come allora, in questa torrida estate, la mia caduta mi ricorda quel pallone finito sopra la traversa e l'infrangersi dei sogni, di oggi e di allora.

Cerco di dissimulare la tristezza, ma la mia espressione non passa inosservata a mio padre, che interviene prontamente.

«Dai, dai, Graziella, non fare così», dice prendendola sottobraccio e accompagnandola verso l'uscita, «pensiamo alle cose belle».

«Sì, sì. Hai ragione», risponde lei dopo essersi strofinata per l'ennesima volta gli occhi con il fazzoletto.

Dopo gli zii è il turno di mio cugino e sua moglie e con loro ha inizio la danza delle visite.

Prima di cena, come promesso, torna a trovarmi Stefania che entrando in stanza saluta i miei genitori.

«Buonasera signori Montini», dice con voce squillante e un sorriso che stride con i lineamenti tesi del volto e due occhi gonfi di chi ha pianto molto e dormito troppo poco.

«Se volete andare a prendere un caffè sto qui un po' io con lui».

«Stefi, sono stanchissimo», le dico mentre i miei genitori – accettando volentieri l'invito – escono dalla stanza.

Mi racconta senza sosta gli avvenimenti degli ultimi giorni col suo tipico fare logorroico.

In uno dei suoi rari momenti di pausa le racconto le visite della giornata e di tutti i regalini che i miei amici mi hanno portato. Senza riuscire a fare torsioni con il busto, un po' ingessato nei movimenti, indico con la mano il comodino che ora sembra la mensola di una vetrina di un negozio di oggetti sacri e souvenir.

«Qui vedo anche una corona del rosario, una statuetta della Madonna, un santino e una scatola di cioccolatini», mi dice avvicinandosi al comodino quasi a voler ispezionare la mercanzia.

«Sì, se hai voglia serviti pure, prendi quello che vuoi». Con la coda dell'occhio la vedo fare finta di essere indecisa su cosa scegliere. «Allora prendo... un cioccolatino», e scoppia in una risata fragorosa.

«Non ti ci vedrei a ballare sul cubo con la corona del rosario al collo», ribatto io cogliendo la sua battuta e alludendo a mia volta alle nostre serate in discoteca.

«Io invece a ballare sul cubo ti ci voglio rivedere quando uscirai da qui», dice lei con la voce improvvisamente rotta ed un sentimento di tristezza che le vela gli occhi di lacrime.

Mi torna alla mente un episodio avvenuto durante un weekend trascorso insieme a Roma pochi mesi fa. Rientrati in albergo nel pieno della notte dopo ore a ballare in discoteca, salgo sul comodino e inizio a ballare cercando di non fare rumore.
«Ma cosa fai?!», dice Stefania riprendendomi con il telefonino.
«Ballo».
«Ma se non c'è la musica».
«La musica è nella mia testa», le rispondo, prima di tuffarmi nel letto e abbandonarmi al sonno.

Quando ritorno alla realtà incrocio lo sguardo di Stefania, che senza necessità di fare alcun riferimento mi dice: «quel video ce l'ho ancora. Voglio vederti di nuovo ballare sul cubo. Non mi devi deludere e soprattutto, ricordati sempre che la musica è nella tua testa».
I nostri volti si riempiono di lacrime a smascherare le bugie che per farci forza continuiamo a dirci, ma alle quali, nonostante siano passati solo due giorni, fatichiamo a credere.

Mentre cerco di prendere sonno, pur essendo ancora molto chiaro fuori, vedo Sara e Cristiano entrare. Per fortuna esistono gli amici che ormai vanno e vengono dalla mia stanza come se fosse casa loro. Li conosco da sempre. Lui educatore di Azione Cattolica come me, lei impegnatissima nell'organizzazione della sagra parrocchiale.

«Come stai oggi Chicco?», mi chiede Sara, usando il diminutivo con cui mi chiama di solito, mentre posa la borsa sul letto ancora vuoto accanto al mio.

«Cercavo di riposare un po', ma non riuscivo a prendere sonno» e aggiungo: «qualcuno mi dovrebbe spiegare come fa una persona a dormire se è costretta a stare a letto ventiquattro ore al giorno».

«Io ci riuscirei benissimo», risponde Cristiano con il suo caratteristico modo tranquillo e pacato che dà sempre l'idea di prendere la vita alla leggera. Fin troppo alla leggera direi io.

«Ma ti pare una cosa da dire in questo momento!?», tuona Sara fulminandolo con lo sguardo, lei che prende invece tutto di petto.

«I dottori cosa dicono? Ci sono novità?», mi chiede poi, sedendosi sulla sedia accanto a me mentre Cristiano silenzioso rimane quasi immobile ai piedi del letto.

«Prima che entraste gli infermieri hanno provato a mettermi a sedere», rispondo mentre penso che sono due giorni che me ne sto qui sdraiato senza riuscire a fare praticamente nulla.

«Mi sembra un'ottima cosa», dice Sara con estremo entusiasmo, «non è vero Cristiano?» aggiunge girandosi a guardarlo in cerca di approvazione e facendogli ampi cenni con la testa per indurlo a dire di sì. «E allora, come è andata?»

«È stato più complicato del previsto», le dico. «L'operazione alla colonna vertebrale è ancora troppo fresca, per cui ogni movimento deve essere dolce e fatto con molta attenzione. La schiena non può portare peso, anche la posizione da seduto deve essere eseguita con il busto leggermente inclinato all'indietro e posato su dei cuscini», e indico loro con la mano la posizione in cui mi hanno messo. «Un'infermiera mi ha praticamente sollevato di peso per le braccia mentre un'operatrice mi ha infilato dietro la schiena dei cuscini. Mi avevano preavvisato che ci sarebbero potuti essere dei problemi e che avrei potuto avere un abbassamento di pressione.

«E come è andata?»

«Sono quasi svenuto dopo soli dieci secondi», le dico mimando la scena per enfatizzare il concetto.

«Come svenuto?!», esclama lei irrigidendosi visibilmente preoccupata e voltandosi ripetutamente verso Cristiano che, silenzioso, la guarda alzando i palmi delle mani verso l'alto come a dire "e io cosa ci posso fare?"

«Ma ora stai bene?», continua poi scattando in piedi e toccandomi la fronte come a sincerarsi lei stessa delle mie condizioni.

«Sì, dottoressa Sara, stia tranquilla», la rassicuro sorridendo e suscitando le risate di Cristiano.

«Non ridere tu, perché quando servi sei sempre inutile» lo apostrofa lei.

Sono uno spasso: lui tranquillo e pacato, lei agitata e incapace di rilassarsi. Il loro siparietto mi strappa una risata mentre la loro amicizia riesce a scaldarmi il cuore.

Quando mi risveglio le luci della camera sono spente e le fitte che mi attanagliano lo stomaco sono intense e dolorose. Devo essermi addormentato dopo la visita di

Sara e Cristiano.

Mio padre, che questa notte ha dato il cambio a mia madre, è seduto sulla sedia a fianco al mio letto e con la bocca quasi aperta russa rumorosamente. Nonostante faccia un suono infernale, e io tema di vedere da un momento all'altro entrare l'infermiera di turno a rimproverarlo, non ho il coraggio di svegliarlo. Cerco di resistere per un po' sia alle fitte di dolore, che al frastuono che mi arriva dritto nell'orecchio sinistro, posto a pochi centimetri dalla sua bocca. So bene che svegliarlo non servirebbe a nulla, le fitte non si interromperebbero e per quanto riguarda il suo russare si tratterebbe solo di una pausa momentanea.

Dopo circa mezz'ora di inutili tentativi di massaggiarmi la pancia non ce la faccio più e, disperato, gli sussurro: «papà, ho tanto mal di pancia».

Vedo mio padre fare un salto sulla sedia guardarsi intorno intontito, cercando di capire cosa fosse successo.

Gli ripeto quasi piangendo che ho mal di pancia, nella speranza insensata di alleggerire quel dolore cercando di condividerlo con lui. Dopo essersi stropicciato gli occhi ed essersi seduto accanto al letto mi massaggia la pancia a lungo, con pazienza amorevole che quasi avevo dimenticato.

6

È Ferragosto. Sono passati sette giorni dall'incidente. Giorni tutti uguali in cui anche il passaggio dalla notte al giorno è stata scandita solo dalla luce del sole che filtra attraverso le finestre. Il tempo passa tutto uguale, i minuti sembrano ore e le ore si confondono tra loro, senza che io riesca a ricordarmi con esattezza il corretto susseguirsi di ciò che è avvenuto nei giorni scorsi. Sembra di vivere in una nuvola dove tutto è confuso. Tutto tranne il dolore. Quello è nitido, forte e continuo.

In una sola settimana la mia vita si è capovolta: la frenesia del lavoro ha lasciato il posto alla calma di interminabili ore passate a letto. Gli aperitivi con gli amici sono stati sostituiti da cene alle sei di sera e le luci colorate della discoteca dalle luci del corridoio che si spengono alle otto, orario in cui mi chiedono di dormire. Non sembra più la mia vita e temo che se non cambierà presto qualcosa finirò per impazzire.

Ma non c'è nulla che io possa fare se non rimanere in attesa che i dottori decidano di trasferirmi in una struttura adatta per curare le lesioni midollari, ma siamo in Italia, e a Ferragosto in Italia tutto si ferma. L'unica cosa che si può fare al momento, dicono, è pazientare.

Altro che pazientare, a me sembra solo di perdere tempo prezioso.

Quando scorgo il chirurgo entrare per il giro medico decido di chiedergli quanto tempo dovrò ancora attendere prima di essere trasferito.

«Montini, deve pazientare ancora un po'», mi risponde sconsolato, «siamo in estate, un periodo dell'anno in cui il personale è ridotto, per cui non le posso garantire una data precisa».

"Pazientare", "estate", "non le posso garantire"...ma si rendono conto che io e la mia disabilità non ce ne andiamo in vacanza?

«Un po' di fisioterapia o ginnastica alle gambe almeno me la potreste far fare anche qui», rispondo rammaricato del fatto che vorrei quantomeno iniziare a lavorare per recuperare un po' della funzionalità persa. Dopotutto era stato lo stesso chirurgo il giorno dopo l'intervento ad annunciarmi che sarebbero iniziate subito delle sedute di fisioterapia per mobilizzare le gambe. Cosa che da allora non si è ancora verificata.

«Ma non le hanno ancora mandato il fisioterapista?», mi risponde tra lo stupito e lo scocciato mentre aggancia ai piedi del letto la mia cartella clinica. «Ora faccio un finimondo», tuona con voce ferma.

Aspettare senza conoscere il destino che mi attende è snervante, ma lo è ancora di più essere del tutto impotente. Penso che fare qualcosa, qualsiasi cosa mi aiuterebbe a decentrare per un attimo il pensiero dalla mia condizione, spostare il focus da un'altra parte. Anche solo l'idea di iniziare il percorso riabilitativo mi darebbe la sensazione di interrompere la parabola discendente che ha preso per ora la mia vita. Sono consapevole che un po' di fisioterapia non mi farebbe di certo camminare e che attendere una settimana in più o in meno potrebbe non essere così determinante al fine di un eventuale recupero, ma poco è pur sempre meglio di niente. Così è davvero dura.

«Siamo arrivati», dicono a gran voce e con il sorriso sulle labbra i miei amici, mentre varcano numerosi e chiassosi la porta della stanza.

«Non siete al mare oggi?», rispondo con gratitudine. Sanno quanto importante sia per me la loro presenza ed io apprezzo molto che abbiano preferito me a una bella giornata di sole.

«Ma quanti siete?», riprendo a dire con stupore nel vederli entrare e riempire completamente la stanza. «Simone, Giulia, Anna, Teo, Vale, Fabri, ci siete proprio tutti. Che sorpresa!»

Mentre li saluto e mi sporgo come posso per abbracciarli e stinger loro la mano vedo che Matteo posa sul letto accanto al mio una borsa di plastica molto grande e ricolma di qualcosa che non riesco a intuire.

«Hai rapinato un supermercato?», gli dico sorridendo.

«Nessuna rapina», mi dice, «questa è per dopo. Tu piuttosto come stai?»

«Ora che vi vedo, molto meglio».

Basta la loro presenza per mettermi di buon umore. Non c'è niente che possano fare per cancellare quello che è successo, né per alleggerire il dolore che provo. Eppure, stare con loro mi fa sentire bene. Mi sento come accettato, come se per loro fossi lo stesso Valerio di prima, come se ai loro occhi nulla fosse cambiato mentre io, da solo in questa stanza, afflitto dai dolori e dallo sconforto, non riesco quasi più a riconoscermi.

Non riesco a cancellare dalla mente l'immagine di me prima dell'incidente e non posso pensare che quello che ora vedo riflesso allo specchio sia il Valerio che mi attende. Voglio tornare ad essere quello di prima, come ero prima, a fare quello che facevo prima, come lo facevo prima.

Sono i pensieri che mi passano per la testa in continuazione mentre parlo e racconto ai ragazzi i successi degli ultimi giorni: «dal mio primo tentativo di stare seduto ho fatto grandi progressi», dico con vanto e orgoglio, «finalmente riesco a resistere in quella posizione per un periodo di circa venti minuti».

«Beh, è comunque un buon risultato», dice Fabrizio interpretando il sentimento di tutti.

«Per me è straordinario, finalmente posso mangiare senza correre il rischio di soffocarmi. Vi faccio vedere».

Do istruzioni a Simone e Matteo di come afferrarmi per le braccia mentre Giulia infila una pila di cuscini dietro la schiena che mi consentono di appoggiarmi senza correre il rischio di perdere l'equilibrio.

«Vale, puzzi», mi dice Stefania che non riesce mai a tenere la bocca chiusa e mettere dei filtri a quello che pensa. Nonostante le infermiere si preoccupino di lavarmi a giorni alterni, questo odore causato dalle medicine che prendo non se ne va.

Nel frattempo, alle mie spalle Matteo ha tirato fuori dalla borsa una serie di travestimenti da Carnevale. Provo a girare la testa verso di lui ma l'impresa è ardua, la schiena è bloccata.

«Qui possiamo scegliere tra una sgargiante giacca dorata, un mantello tipo Batman o un grembiule da infermiere», dice mentre mi mostra gli indumenti come farebbe il commesso di un negozio di moda ad un cliente.

«Ma che intenzioni avete?»

«Oggi riviviamo un po' il carnevale», mi dice entusiasta Giulia saltellando e battendo le mani.

Non mi sarei mai aspettato un'improvvisata simile, né che potessero partorire un'idea tanto scema come questa ma evidentemente mi conoscono bene e sanno quanto le maschere ed il carnevale mi piacciano.

«Allora giacca, mantello o grembiule?», mi incalza Matteo mostrandomeli nuovamente in sequenza uno dopo l'altro.

«Di grembiuli ne vedo anche troppi tutti i giorni, non sarebbe molto originale, facciamo che scelgo la giacca».

«Ottimo. Con questa giacca si abbina bene un cappello a cilindro» prosegue Giulia mentre mi porge un enorme cappello dorato.

Tutti gli altri, nel frattempo, se la ridono perdendosi in battute sarcastiche o riesumando vecchi ricordi di quando pochi mesi fa tutti insieme abbiamo attraversato le vie della città in occasione del Carnevale travestiti da Biancaneve e i sette nani. Per l'occasione il prescelto per il ruolo di Biancaneve ero stato io e ci siamo talmente divertiti nonostante il freddo di un sabato notte di febbraio, che il ricordo è ancora vivido nella mente di ciascuno di noi.

«Manca ancora un tocco di stile», prosegue Matteo cercando tra la borsa qualche accessorio da aggiungere al mio strampalato travestimento dorato da Cappellaio Matto.

«Eccola», mi dice porgendomi una parrucca arancione che mi infila prima che possa in qualche modo protestare. «Ci siamo: sei bellissimo».

«Sorridi», esclama Fabrizio pronto a scattare foto e

selfie ricordo che finiranno immancabilmente per intasarmi la bacheca di Facebook.

Dietro a questa maschera improvvisata trovo di nuovo per un istante il Valerio di sempre. Le maschere ci proteggono dalla realtà che ci circonda, mostrando agli altri solo ciò desideriamo far vedere e tenendo per noi i difetti, le paure e le insicurezze. E io, in questo momento, sono una maschera vivente. Non posso fare diversamente. Se mostrassi agli altri me stesso sarei troppo vulnerabile, rischierei di non sopportare il dolore e la frustrazione nel rendermi conto di cosa sono diventato. Molto meglio fingere, agli altri e a me stesso, che se voglio posso ancora essere il Cappellaio Matto di sempre.

Come se loro, che mi conoscono da una vita, non riuscissero ugualmente a vedere le paure che mi tormentano.

Il pomeriggio passa così, nell'allegria artificiale creata da un carnevale fuori stagione e da un personaggio delle fiabe decontestualizzato dalla versione originale, gettato nel dramma shakespeariano di chi si affligge tra l'essere o non essere.

Con il passare delle ore, alcuni se ne vanno, e con chi resta oltre l'orario di cena decidiamo di contravvenire alle regole dell'ospedale e ordinare delle pizze da mangiare in compagnia.

Mio fratello Leonardo, accompagnato dalla fidanzata, arriva verso le sette, con una pila di cartoni che distribuisce ai presenti.

Rispetto ai normali ritmi ospedalieri la giornata

sembra non finire mai.

Terminato di mangiare ricordo a tutti che tra non molto in città si terranno i fuochi d'artificio eseguiti a ritmo di musica. Si tratta di una tradizione che ogni anno richiama migliaia di persone. Dato che l'ospedale non dista molto, li invito ad approfittarne per andare a piedi a vederli.

«Magari si vedono dalla finestra», azzarda Alessio pigramente disteso sul letto affianco al mio.

Leonardo decide che non posso perdermi lo spettacolo e prova a spostarmi con tutto il letto in prossimità della finestra. Ma i cavi attaccati e le difficoltà oggettive di un'operazione come questa lo fanno presto demordere.

«Eccoli! Eccoli!», dice Stefania mettendo la testa fuori e anticipando di poco il giungere del classico rumore sordo che segue sempre con un certo ritardo il lampo di luce.

«Attenta, che se ti tuffi in quel modo fuori dalla finestra finisci per cadere giù», le dico tra il divertito e il preoccupato, conoscendo quanto sappia essere goffa e sbadata.

«Tu li vedi Vale?», mi chiede poi porgendosi ancora di più per guardarli meglio.

«No. Qui dal letto non vedo nulla».

«Ho un'idea, Ci penso io», dice Leonardo alzandosi di scatto e dirigendosi verso il bagno mentre Alessio ormai è completamente disteso sul letto e ha quasi preso sonno.

Dopo pochi istanti sentiamo dei rumori strani che non riusciamo a interpretare. Sembrano quelli tipici di chi sta smontando qualcosa. Vediamo Leonardo sbucare con in mano uno specchio. Avvicinandosi alla finestra e sorreggendolo in un precario equilibrio, riesce, inclinandolo con la giusta angolazione, a farmi ammirare i fuochi comodamente disteso a letto.

«Visto che non si sente la musica se volete ci penso io a cantare», esclama Stefania che sembra instancabile. Questa volta reagiamo istintivamente tutti in coro con un deciso "no". Perfino Alessio che sembrava addormentato si raddrizza a sedere e dice «no, Stefi, ti prego, sei uno strazio quando canti».

Ridiamo.

Lo spettacolo è davvero speciale, ma non quello pirotecnico, quello fa solo da contraltare alla comicità e alla spontaneità dei miei amici. Per me sono loro lo spettacolo questa sera. Grazie a loro, alla loro presenza, alla loro pazienza, alla loro normalità sperimento, pur forse senza comprenderlo a pieno, come nelle situazioni più difficili variare anche solo di poco il proprio punto di vista può aiutarci a stare meglio. O quantomeno, nel mio caso, a ritrovare un po' di quella serenità che per la prima volta da una settimana a questa parte mi permette di addormentarmi tranquillo.

7

Finalmente, dopo un'altra interminabile settimana di attesa, mi stanno trasferendo all'Unità Spinale dell'Ospedale Santi Cosma e Damiano. Tutte le mie speranze e i sogni di tornare a camminare passeranno da qui.

Entrando in reparto disteso in barella vengo inghiottito dalla mia nuova casa. I corridoi sono molto ampi ma in questa posizione con il naso all'insù non riesco a mettere a fuoco l'intero ambiente.

Il mio letto è il primo che si incontra una volta entrati. Tirando un po' il collo spinto dalla curiosità di scoprire questo nuovo mondo riesco a vedere che nella stanza ci sono, oltre al mio, altri tre letti, di cui uno ancora vuoto.

«Buongiorno a tutti», dico a voce alta nella speranza di farmi sentire dai miei nuovi coinquilini, ma le mie parole non ottengono risposta.

Due operatori vestiti con un camice verde acqua arrivano e afferrando il lenzuolo sotto di me mi issano e mi adagiano sul mio nuovo letto. Alzano le sponde in modo da assicurarsi che non possa cadere e mi indicano il campanello che dovrò suonare quando avrò bisogno di qualcosa. Sopra di me pende un maniglione che intuisco mi servirà per aggrapparmi quando avrò bisogno di sedermi o girarmi nel letto.

Imprigionato tra le sponde del letto come un vecchio infermo ho la netta sensazione di essere entrato in un carcere. Mentre chiudo per un attimo gli occhi nel tentativo di recuperare un po' di forze penso che dovrò trovare il modo di rimanere qui dentro il meno possibile.

La stanza è grande. I quattro letti sono posizionati in prossimità dei quattro angoli, tra i letti, appese al soffitto, vi sono delle corsie alle quali sono agganciate delle grandi tende bianche che servono per darci un po' di privacy. A fianco al letto c'è un mobiletto davvero piccolo, il che mi fa pensare che dovrò selezionare bene le poche cose da tenere vicino.

Mentre esploro con gli occhi la stanza, rinnovo con tono forzatamente allegro il saluto ai presenti: «buongiorno a tutti, mi chiamo Valerio, piacere», dico per la seconda volta rimanendo in attesa di risposta.

Dal letto di fronte percepisco un movimento della testa come un cenno di saluto e nel guardare meglio mi rendo conto che la persona di mezza età e dai capelli bianchi che vi è distesa è impossibilitata a parlare perché tracheotomizzata. In imbarazzo per la mia mancanza di tatto sollevo la mano in segno di risposta aggiungendo «mi scusi, non me ne ero accorto».

Non sono l'unico a stare male, penso mentre volgo lo sguardo all'altro paziente che è a sua volta intubato e sta dormendo. Questa volta dovrò condividere la stanza con due persone in condizioni peggiori delle mie.

«Ben arrivato signor Montini, sono la dottoressa Furegon. Come sta?», dice una bella donna di circa quarantacinque anni entrando in stanza con fare risoluto e le mani dentro alle tasche del camice. Ha un fisico asciutto, lunghi capelli scuri e un viso gioviale e sorridente che mette a proprio agio.

«Tutto bene, grazie», rispondo.

«Sono la sua Dottoressa», mi dice. «In questi giorni le faremo alcuni esami per capire bene il quadro neurologico. La situazione, come avrà intuito, è grave, per cui ci vorrà molto tempo…»

«… ma tornerò a camminare, non è vero Dottoressa?», la incalzo immediatamente senza lasciarle il tempo di finire la frase.

Interrotta in quello che probabilmente è un lungo discorso preparato e ripetuto quasi a memoria da rifilare a ogni nuovo paziente la vedo esitare per un attimo, ma senza scomporsi o lasciar trasparire alcuna emozione, dopo aver respirato profondamente, riprende.

«Come le stavo dicendo, signor Montini», dice con fare sereno, «la situazione è grave ed è prematuro fare delle diagnosi. Questi casi necessitano di tempo, molto tempo…».

Mi rendo conto d'essere particolarmente suscettibile in questi giorni ma questa cosa del tempo mi manda ogni volta su tutte le furie. Mi sembra un espediente da parte dei medici per non dare risposte precise e non prendersi la responsabilità di sentenze definitive.

«…l'operazione alla schiena deve stabilizzarsi e solo allora cominceremo a valutare il da farsi. Per ora è ancora nella fase che noi definiamo acuta».

È evidente che ha molta esperienza nel trattare con i pazienti. È dolcemente evasiva nel rispondere alle mie domande, dandomi risposte prive di risposta che a me vanno strette e che in questo momento faccio fatica ad accettare. Ho bisogno di certezze, tempi, soluzioni, numeri.

«Quando inizieremo con la fisioterapia?», la interrompo ancora, con un tono della voce che io stesso percepisco aspro e impaziente.

«In questa prima fase avrà un fisioterapista che verrà in camera per farle fare esercizi passivi alle gambe, un po' di mobilizzazione per ora, nulla di più».

«Ma come!?», rispondo in modo brusco: «è lo stesso che facevo nel reparto di Ortopedia. Cosa sono venuto a fare qui se mi fate fare le stesse identiche cose?! Voglio dire, ho aspettato quindici giorni per essere trasferito immaginando che qui avrei iniziato subito un percorso per tornare a camminare e lei mi dice che non è cambiato nulla e che farò le stesse inutili cose?»

«Vedrà che qui si troverà bene». Il tono della sua voce è ancora una volta equilibrato e calmo, quasi noncurante delle mie preoccupazioni.

Le sue parole vaghe non mi fanno però sentire meglio. Al contrario alimentato dubbi e incertezze. Ci vuole tempo, ci vuole pazienza. Sembra che l'unica cosa che sappiano dire è di pazientare e non fare nulla.

Io voglio reagire cazzo!

Vorrei urlare.

Voglio urlare!

Urlo

Sì, le urlo in faccia: «io voglio tornare a camminare!»

Silenzio.

Attesa.

«Faremo tutto il possibile».

Scoppio a piangere.

Quando riesco a smettere di singhiozzare le chiedo cosa prevedono di farmi fare tutto il resto del tempo in cui non farò fisioterapia.

«Per ora resterà disteso a letto», dice con tono impassibile, «le porteremo da mangiare in camera e per il resto del tempo riposerà».

Poi prosegue con voce calma e musicale, quasi una melodia che mi culla e mi ipnotizza spiegandomi come ogni lesione sia diversa dall'altra, che non è possibile fare previsioni di guarigione, che non esiste una risposta standard che vada bene per tutti. Mi mette in guardia sul non guardare eventuali progressi di altri pazienti, che per quanto possano avere lesioni apparentemente simili alla mia non sono un metro di paragone. Conclude poi il discorso dicendo che valuteranno il da farsi in base a come risponderà il mio fisico.

«Se non ha altre domande…», conclude.

Sì, una domanda c'è, «Dottoressa, tra quattro settimane una coppia di amici mi aspetta al loro matrimonio. Posso confermare la mia presenza?»

La domanda la coglie di sorpresa. Dopo un attimo di esitazione, quasi con un sorriso malizioso mi risponde: «quattro settimane è un periodo molto breve. Ci sono molte cose da valutare prima di poter uscire. Ne riparleremo».

Con fare gentile mi saluta e si volta lasciandomi lì con un dubbio e una certezza: il dubbio che con le sue ultime parole mi abbia detto che al matrimonio non ci andrò, e la certezza che qui è tutto diverso da come me lo ero immaginato.

8

Quando arrivammo trovammo Matteo ed Anna seduti al tavolo del bar ad aspettarci. Vedendoci arrivare si alzarono e ci vennero incontro. C'eravamo tutti, gli amici di un tempo. Dopo aver ordinato un giro di birre ghiacciate Matteo ci invitò a brindare al loro matrimonio. Pur senza coglierci di sorpresa la notizia ci riempì tutti di gioia tanto da emozionarci. La data era fissata, non ci restava che organizzare un addio al celibato memorabile.

«Amsterdam», disse Alessio. «Si trovano voli a buon mercato e la birra non costa nulla. E non solo la birra», concluse con un sorrisino eloquente facendo ridere tutti i ragazzi e generando uno sguardo indignato tra le fidanzate.

«E se andassimo all'Oktoberfest?», disse Simone che fino ad allora aveva detto sì e no qualche parola.

«Potremmo noleggiare un camper», aggiunse Matteo, «l'ho già fatto anni fa ed è una figata pazzesca».

Mi sveglio di soprassalto, la camera è buia, dal corridoio non arriva alcun rumore e i miei due compagni di stanza stanno dormendo profondamente.

Immerso in questo totale silenzio la musica che mi risuona in testa sembra un rumore straziante. Mi accorgo di sentire in bocca il gusto salato delle lacrime e un pensiero arriva improvviso come una pugnalata al cuore.

Come farò io a salire dentro un camper?

Nel sogno ho visto i miei amici partire verso Monaco, mentre seduto su una carrozzina li salutavo dal marciapiede. Me li immaginavo ballare sopra i tavoli con in mano boccali pieni di birra, scherzare con le cameriere, farsi largo in mezzo alla folla mentre portavano vassoi pieni di würstel e crauti. Li vedevo ridere e scherzare mentre facevano pipì negli orinatoi dei vari stand, tra un litro di birra e l'altro mentre io osservavo riempirsi lentamente la sacca del catetere che portavo legata attorno alla gamba.

Come un riflesso incondizionato, nella penombra creata dalle luci di emergenza del corridoio, il mio sguardo è attratto dalla sacca di pipì attaccata ai piedi del letto e collegata al mio catetere. In questo momento mi rendo conto di odiarli.

Odio i miei amici.

Li odio tutti.

Nel sogno apparivano come l'immagine di ciò che ero, e che sarei potuto essere, ma che invece non sarò mai più. Incarnavano il futuro che mi è stato rubato. Li invidiavo per ciò che sono, per ciò che hanno, per ciò che potranno essere, mentre io ogni giorno che passa mi rendo sempre più conto di come la mia vita rimarrà segnata per sempre.

Incapace di riprendere sonno, perso a ripensare alla giornata di oggi, la mia attenzione è attratta da un rumore simile a un rigurgito che proviene dal letto di Amedeo, il signore con la tracheotomia di fronte a me.

La cosa mi mette in allarme e cerco di capire nell'ombra se c'è qualcosa che non va.

Il rumore si ripete. Intuisco che sta succedendo qualcosa. Amedeo inizia ad agitare la testa. Così urlo a gran voce «infermiere! Infermiere!», rivolto verso la porta che dà sul corridoio, «si sta soffocando».

Non ricevendo risposta mi ricordo del campanello di chiamata posizionato al lato del letto e inizio a pigiarlo con insistenza.

Mentre l'infermiera di turno arriva tutta agitata e accende la luce, dalla bocca di Amedeo esce uno spruzzo maleodorante di vomito che quasi lo soffoca e inonda completamente tutto il letto.

L'infermiere interviene prontamente adoperandosi per farlo respirare e tranquillizzarlo. Una volta messo in sicurezza il paziente, e ristabilita un po' di tranquillità, iniziano le operazioni di pulizia e poi di nuovo la luce si spegne.

Immobile nella penombra, disteso a guardare il soffitto, dentro di me si riaccende quella musica, dando vita a una serie di pensieri che si accumulano e si contraddicono: dovrei essere arrabbiato per non poter fare festa con i miei amici, o ritenermi fortunato per essere ancora in grado di respirare senza il bisogno di avere un tubo infilato in gola?

9

La mattina passa tranquilla con un senso di insoddisfazione che, ne sono certo, diventerà il *leitmotiv* della mia permanenza qui. Sveglia, colazione, medicine, attesa.

I miei genitori arrivano verso le dieci. Osservandoli vedo che hanno il viso teso e gli occhi stanchi. Per come li conosco devono aver discusso animatamente.

«Hai visto quel reparto? Non mi piace per niente» immagino dire mia madre seduta nervosamente in cucina nei confronti di mio padre mentre lui rimane in silenzio e la lascia sfogare.

«E la dottoressa? Mi è sembrata molto fredda e distaccata».

«Fa parte del loro lavoro essere distaccati», cerca di rincuorarla lui.

«Ma da che parte stai? L'hai sentito cosa ci ha detto? Ci vorrà molto tempo, non tornerà a camminare, dovremo imparare ad accettare questa nuova condizione. Io non posso accettare che mio figlio debba vivere su una sedia a rotelle in quelle condizioni».

Non riesco a immaginare cosa provino, io ho già i miei problemi da gestire e preferisco non pensare troppo ai loro.

Ridestato dai miei pensieri vedo mia madre tirare fuori da un borsone della biancheria intima, qualche maglietta e qualcosa per l'igiene personale anche se per ora non mi serve dato che è ancora attivo il servizio "doccia-a-letto-con-caraffe". Il massimo che riesco a fare è lavarmi i denti disteso a letto e sciacquarmi la bocca con dell'acqua in un bicchiere.

Ancora una volta non riesco a trattenere i ricordi di quando la mattina appena sveglio entravo in doccia, tagliavo la barba, ingurgitavo il caffè ed ero pronto per andare al lavoro. Oggi per fare tutte queste cose mi ci vorrebbero ore, sempre se fossi ancora capace di farle da solo.

Nel frattempo mio padre posa sopra al comodino una scatola da scarpe. Nel guardare all'interno ritrovo tutti i piccoli regali che i miei visitatori mi hanno portato con affetto e sincera amicizia in queste settimane. E in questo momento ciò di cui ho più bisogno è proprio di sentire la loro presenza vicina.

Mia madre, intanto, da un'altra borsa tira fuori scatole di biscotti, succhi di frutta, merendine, cioccolatini, bottiglie di acqua e bicchieri e riempie lo spazio ancora vuoto quasi a far scoppiare il comodino.

«Lasciaci un po' di spazio anche per qualche libro», le dico guardandola, mentre con precisione riesce a far stare tutto quel ben di Dio all'interno di uno spazio così piccolo.

Chiacchieriamo un po' per far passare il tempo, chiedo a mio padre come va con il lavoro, se ci sono novità, se hanno bisogno che li aiuti in qualcosa, ma ovviamente mi risponde che va tutto bene e che non serve fare nulla. Probabilmente non è affatto così, ma intuisco che non vogliano appesantirmi di altre preoccupazioni e non insisto.

Mi ragguagliano sul fatto che hanno dato incarico ad un avvocato per tentare causa contro il ragazzo che mi ha tagliato la strada.

Devo fargliela pagare a quello stronzo, penso. Se solo vedesse come mi ha ridotto. Ma lentamente la rabbia che sento dentro anziché aumentare si trasforma in frustrazione. L'impotenza di non poter fare nulla, di non poter cambiare gli eventi unita all'immobilità e alla noia di questo posto scoraggiano anche i miei istinti di vendetta.

Dopo aver salutato i miei genitori mi rimetto a fare l'unica cosa che mi è concessa, provare a riposare.

Finito il riposino pomeridiano, alle tre, con precisione svizzera, un fisioterapista entra dalla porta. Lo riconosco perché porta una divisa bianca, diversa da quella di tutti gli altri operatori del reparto. Avrà circa una cinquantina d'anni, è molto magro con dei capelli ricci di un nero molto intenso e la carnagione scura. Ha modi molto risoluti e senza nemmeno presentarsi si posiziona ai piedi del mio letto. Mi scopre la gamba sinistra, la afferra e comincia a muoverla dolcemente.

Il mio stupore è evidente, eppure a lui non sembra importare e prosegue nel suo lavoro.

Riesco a trattenermi a stento dall'apostrofarlo in malo modo e mi limito a salutarlo per rompere il silenzio e per intavolare una conversazione.

«Ciao, io sono Paolo», risponde lui con voce bassa e

tono piatto, alzando appena gli occhi, senza interrompere ciò che sta facendo.

«Immagino tu sia il mio nuovo fisioterapista», proseguo con finto entusiasmo dopo qualche secondo di imbarazzante silenzio.

«Sì... per ora...», aggiunge quasi sussurrando.

«Cosa stai facendo?», gli chiedo con toni duri, facendo trapelare un po' di impazienza.

«Mobilizzazione alle gambe».

Lo vedo, coglione! Penso, ma non lo dico, ovviamente.

Cerco di calmarmi e riprendo: «cosa intendi quando dici che sarai il mio fisioterapista "per ora"?»

«Intendo che per ora ti farò fisioterapia io».

Ora che me lo ha chiarito potrò dormire sonni tranquilli, penso, ma ancora una volta non glielo dico. Già così sembra una conversazione surreale. Ho la netta sensazione che mi stia prendendo per i fondelli.

«E per quanto tempo sarai tu il mio fisioterapista?»

Per la seconda volta da quando si è seduto ai piedi del mio letto alza la testa e mi guarda, con aria infastidita e dice: «dipende».

Ribollo di rabbia.

«Da cosa?!», esplodo.

«Da quanto starai in fase acuta».

Questo suo atteggiamento mi manda su tutte le furie La riabilitazione è la mia, e in gioco c'è il mio recupero. Sono alle prese con un maleducato e taciturno fisioterapista che non ha voglia di spiegarmi cosa cazzo sta facendo. Mi sarei aspettato tutt'altro tipo di approccio, qualche informazione in più, che mi parlasse degli obiettivi da raggiungere, di quando andremo in palestra, di quali sono gli step che solitamente si percorrono in un caso come il mio. Vorrei svegliarmi da questo incubo.

D'istinto mi verrebbe da tirargli un calcio, quasi per allontanarlo da me. Ma quando ci provo tutta la rabbia si trasforma ancora una volta in frustrazione. E mi chiudo in un silenzio carico di dolore.

Alla fine riesco a capire che fintantoché la mia situazione non si sarà stabilizzata si limiteranno a farmi fisioterapia a letto. Poi ci sposteremo in una piccola palestra qui a fianco e solo successivamente, quando uscirò anche dalla fase acuta potrò avere accesso alla palestra vera e propria al piano terra. Sarà in quel momento che verrò affidato a un altro fisioterapista.

Speriamo succeda presto.

La seduta dura mezz'ora, al termine della quale, nel silenzio con il quale è arrivato, si alza, mi saluta e andandosene mi dà appuntamento al giorno successivo.

10

In questi giorni i dottori mi hanno fatto intendere che camminare non è il loro primo pensiero e nemmeno farmi uscire in permesso per il matrimonio. Anche oggi Paolo non ha praticamente aperto bocca e il suo modo di fare non fa che rafforzare quanto mi stanno comunicando da giorni: a camminare meglio se non ci pensiamo.

Pertanto non mi resta molto da fare durante il giorno, se non attendere che i miei familiari vengano a trovarmi. Qui gli orari sono piuttosto rigidi e non gli è consentito presentarsi a tutte le ore, agli amici addirittura ancora non è permesso. Confido di poterli vedere domenica. Nel frattempo mi accontento delle decine di messaggi che ricevo su Whatsapp e su Facebook, ai quali non sempre ho piacere di rispondere. Dopotutto non ho ancora trovato la risposta giusta da dare a chi mi chiede come sto.

Mentre cerco di sollevarmi aggrappandomi al maniglione posizionato sopra la testa per cambiare leggermente posizione entra nella stanza una barella spinta da due infermieri che trasporta un ragazzo giovane dai capelli lunghi. Nel vederlo passare rivivo il mio arrivo in reparto di pochi giorni fa. Il suo sguardo è disorientato e quasi impaurito. Gli infermieri lo avvicinano al letto per effettuare il trasferimento. Lui si guarda intorno con fare timido e una smorfia di sofferenza.

Gli infermieri tirano la tenda divisoria per dargli la dovuta privacy, ma dai rumori che sopraggiungono intuisco tutte le operazioni che stanno svolgendo. Alzano la sponda di ferro del letto per evitare che possa cadere, sostituiscono il catetere e gli attaccano la sacca ai piedi del letto, gli stendono sopra un lenzuolo pulito, gli attaccano la flebo con chissà quali medicine dentro e gli danno tutte le indicazioni necessarie nel caso dovesse avere bisogno di chiamarli.

Quando hanno terminato riaprono la tenda che ci divide e se ne vanno.

«Ciao, io sono Valerio», gli dico dopo qualche istante con fare accogliente.

Dopotutto anche se sono l'ultimo arrivato sono anche l'unico qui dentro in grado di parlare. «Lui è Amedeo», gli dico indicando il mio compagno di stanza che con la mano gli fa un cenno di saluto. «Per ora è intubato e non può parlare», aggiungo. «Lui invece dorme sempre», concludo con fare sbrigativo additando il quarto ospite della stanza di cui nemmeno ricordo il nome.

«Io sono Claudio», risponde lui voltandosi verso di me e mostrando dei profondi e tristi occhi azzurri incastonati in un volto magro e scavato.

«Da quanto sei qui?»

«Tre giorni», gli dico con fare da veterano, «se hai bisogno di qualcosa, chiedi pure», anche se so di non poter davvero fare nulla per lui se non intavolare qualche chiacchierata.

«...moto?», mi chiede dopo una lunga pausa di riflessione.

«Sì. Anche tu?»
«Sì».
Con queste poche parole scambiate ci siamo detti tutto quello che ci serviva sapere.

Dopo aver fissato a lungo il cielo azzurro oltre la finestra Claudio torna a guardarmi e riprendiamo a parlare, ma non è di molte parole, lo capisco. Ha la mia età, la moto gli si è impennata a causa di una buca ed è stato sbalzato all'indietro cadendo sulla schiena. Non ricorda nulla perché è svenuto sul colpo, e quando si è risvegliato era su un letto di ospedale. È stato operato pochi giorni fa e, come me d'altronde, non si è ancora reso del tutto conto della situazione.

Dopo un po' arrivano allineati in fila indiana i suoi familiari. Riconosco la figura più anziana del padre e quella di una bella ragazza che potrebbe essere la sorella o forse la fidanzata. Sono molto educati e mi salutano passando davanti al mio letto.

«Come stai, Amore?», chiede lei accarezzandogli la fronte e dandogli un bacio, mentre gli altri si dispongono a ventaglio intorno al letto e lo incalzano con una serie di domande alle quali lui, evidentemente stanco, risponde a monosillabi.

È già l'ora di cena e gli operatori sanitari entrano con il carrello dei pasti, ma di mangiare lui non ne ha voglia.

«Vedi lui come mangia?», dice suo padre rivolto verso di me dopo aver inutilmente insistito per convincerlo a mangiare. Le sue parole attirano la mia attenzione. Io mi giro a guardarlo con la bocca piena senza sapere cosa dire. A differenza sua sono affamato. L'appetito non mi è mai mancato, nonostante il cibo in questo posto sia davvero pessimo.

«È importante che mangi. Devi recuperare le forze», prosegue il padre sconsolato non sapendo più cosa fare per convincere il figlio.

I giorni passano con lentezza esasperante e ogni giorno che arriva è uguale a quello precedente. La monotonia la fa da padrona e gli argomenti tra me e Claudio sono rari e quasi sempre gli stessi. È come un copione che si ripete sempre uguale. Già dal mattino al mio risveglio provo le stesse emozioni, come in quel film, "Ricomincio da capo", in cui il protagonista rivive continuamente lo stesso giorno infinite volte. Ecco, la sensazione è la stessa, di rivivere la scena del giorno prima: risvegliarmi da un brutto incubo, la certezza di aver sognato tutto, il timore che quel sogno tanto vivido possa invece essere reale.

«Vedrai cosa faremo una volta che usciamo da qui...», mi dice Claudio come aggrappandosi a un pensiero positivo.

«Io avevo in programma di fare un viaggio nel Mar Rosso per prendere il brevetto da sub», gli rispondo, raccontandogli che stavo progettando questo viaggio da parecchi mesi «vorrà dire che lo farò l'anno prossimo».

Ripensare ai miei progetti di viaggio è qualcosa di ancora molto doloroso.

«E tu cosa farai?», gli chiedo dopo un po'.

«Appena torno a camminare, sistemo la camera della piccola».

«Hai una figlia?», gli chiedo con stupore.

«Nascerà i primi mesi dell'anno prossimo», dice commosso, «penso la chiameremo Desirée», prosegue con lo sguardo perso a fissare il soffitto. «Significa "Desiderata"», continua, con le lacrime che gli rigano le guance. È un nome evocativo che fa riaffiorare quel desiderio comune e profondo che anima i nostri cuori.

11

Mentre cerco di far passare il tempo sbirciando Facebook e leggendo qualche notizia su internet, arriva il mio fisioterapista. In questi giorni le nostre conversazioni non sono cambiate molto rispetto alla prima volta e io mi sono già rassegnato ad accettare questo suo modo di fare taciturno e apparentemente svogliato. Mi guarda e si limita a salutarmi con un cenno della testa.

È un orario insolito per la fisioterapia e per un attimo penso che sia qui per Claudio.

Senza avere il tempo di chiedere spiegazioni me lo trovo posizionato a fianco del letto mentre con la coda dell'occhio vedo un infermiere entrare in stanza spingendo una carrozzina. A ogni passo che fa nella mia direzione cresce un soffocante senso di smarrimento.

Nera, vecchia, pesante, enorme. Nell'osservarla comprendo che non c'è più nulla da fare. Il mio destino è segnato. Davanti a me, quella sedia a rotelle sa di sentenza senza appello.

Inizio a piangere, silenziosamente, intimamente senza farmi vedere. Percepisco quel poco di ottimismo rimasto, strenuamente difeso fino ad oggi, sciogliersi ed abbandonarmi assieme a queste lacrime che, senza bagnarmi il volto, sento sgorgare dal cuore.

Nel vederla, tutte le aspettative che riponevo in un percorso fatto di ginnastica e terapie volto a ritornare a camminare crollano. Crollano come un castello di sabbia travolto dall'onda di risacca di un mare in tempesta.

Illuso. Questo sono. Un povero illuso, penso mentre cerco la forza per rispondere agli infermieri che mi stanno parlando, ma le cui parole giungono alle mie orecchie come rumori senza senso. Catapultato fuori dal mio mondo fatto di pensieri e dolori, me la prendo con me stesso per non averlo capito prima. Mi serviva davvero vedere la carrozzina per accettare l'idea che questo giorno sarebbe prima o poi arrivato?

Non a me. Io non sono come gli altri. Io tornerò a camminare, mi dicevo. Quante cazzate mi sono raccontato.

«Hai capito?», conclude il suo lungo discorso Samuele, l'infermiere, guardandomi in attesa di una risposta.

«Certo», rispondo con un po' di esitazione, senza in realtà aver ascoltato una sola parola di tutto ciò che ha appena detto.

È facile voler bene a Samuele, è timido e premuroso, e lavora in questo reparto da molti anni. Nel vedere con quale passione e attenzione svolge il suo lavoro infonde grande fiducia.

Gli operatori si fanno avanti con un telo bianco che mi infilano, prima sotto il corpo, passandolo poi in mezzo alle gambe. Che tormento ogni volta che mi toccano, sento la schiena scricchiolare, e ogni movimento – anche impercettibile – mi causa dolori molto pungenti. Mi impacchettano come un'enorme caramella unendo tra loro i lembi del lenzuolo agganciandoli poi a un moschettone che infilano ad un gancio del sollevatore.

È una sensazione orribile. Sembro un fagotto impossibilitato a muovermi, con la schiena che tira e il collo tutto proteso in avanti.

«Ora ti solleviamo», dice Samuele mentre armeggia con un telecomando. Il sollevatore si alza lentamente e io percepisco una leggera tensione che mi tira verso l'alto.

«Mi fate male alla schiena», dico preoccupato e del tutto impreparato a ciò che mi sta per succedere.

«Porta pazienza, Valerio, so che fa male, ma vedrai che non ci vorrà molto», mi rincuora lui. Nel manovrare il telecomando Samuele inizia a sudare tantissimo. Gestisce il sollevatore con la stessa tensione con cui immagino un artificiere disinnescare una bomba a orologeria. È attento e accurato come non ho ancora incontrato nessuno in queste tre settimane.

Intravedo il letto allontanarsi sotto di me e percepisco chiaramente la sensazione di essere sospeso nell'aria. Mi sento come un container al porto che sta per essere caricato su una nave con una gru. La mia nave è qui vicina, e ha le ruote.

«Cercate di fare centro, almeno!», dico sperando di sembrare simpatico.

Gli operatori, accompagnandomi con le mani mi avvicinano alla seduta, poi, abbassandomi un po' alla volta molto lentamente, centrano esattamente il bersaglio appoggiandomi sul cuscino. L'impatto è dolce, ma la reazione che genera dentro di me è invece devastante.

Anche se la missione si è conclusa in modo

soddisfacente non c'è nulla da festeggiare.

Che ci faccio io qui?! Fatemi scendere! Voi non avete capito niente, penso con rabbia. Sono venuto qui per tornare a camminare, non per andarmene su questo trabiccolo.

12

È la prima volta che scendo dal letto da quando mi hanno operato. Qui seduto la sensazione è terribile. Non riesco a muovermi, mi sento imbalsamato. Mi sento impotente. Non riesco a girare la testa perché sono tutto rigido e la schiena è bloccata dal busto che porto. Se non mi tengo ai braccioli ho pure la sensazione di perdere l'equilibrio e di cadere.

«Ce l'abbiamo fatta!», dice Susanna, una delle operatrici con tono trionfale. Lei è sempre sorridente e spensierata, come se prendesse tutto alla leggera. A volte ho pure l'impressione che lo faccia con tono canzonatorio, come per prendermi in giro. «Dai, dai non fare così», continua senza scomporsi, cogliendo lo sguardo accigliato con cui la guardo: «a me sembra un ottimo risultato», conclude.

«Sembri un re sul trono», dice Claudio dal suo letto cercando di sorridere ad una situazione che di divertente proprio non ha nulla.

Ed infatti di sorridere proprio non ne ho voglia.

Troppo stanco per reagire non mi resta che assecondare gli eventi e con un velo di rassegnazione dico: «allora portatemi al banchetto».

Con l'aiuto di Susanna – per spingere questo coso da solo non saprei nemmeno da dove iniziare – usciamo dalla stanza dove si apre un lunghissimo e ampio corridoio. Giriamo a destra. Poco più avanti sul lato sinistro riconosco le grandi porte automatiche attraverso le quali sono entrato in barella pochi giorni fa. Alla mia destra invece si susseguono le camere di degenza all'interno delle quali vedo per lo più letti vuoti. Immagino siano di altri pazienti impegnati in palestra o che si sono già recati in sala mensa.

Improvvisamente le porte automatiche si aprono cigolando, facendo accendere a intermittenza un lampeggiante come quello che si usa installare nei cancelli delle abitazioni e vedo sfrecciare a tutta velocità su una carrozzina molto più leggera della mia un ragazzo in tuta, magro, dai capelli ricci che avrà più o meno la mia età, e che dall'esterno del reparto entra e si dirige come un razzo verso la sala mensa.

«Fernando, vai piano, non devi correre per il corridoio. Rischi di fare male a qualcuno», gli urla contro un'operatrice un po' grassoccia, che con il fiatone lo insegue cercando di stargli al passo. La scena mi fa sorridere e mi rendo conto di quanto quel ragazzo sia lontano dall'immagine stereotipata che ho della persona in carrozzina triste, depressa e sempre bisognosa di cure e assistenza. Non so se quel ragazzo sia felice ma dimostra d'essere pieno di vita e almeno per un momento, scappando dalle grinfie dell'operatrice, sta dimostrando a sé stesso, e anche a me, che può e vuole farcela da solo senza bisogno di aiuto.

«Susanna, prima di portarlo in sala mensa fermiamoci a pesarlo», dice Samuele che ci ha preceduti fuori dalla stanza. Susanna spinge la carrozzina sopra ad una grossa bilancia posizionata in una rientranza del corridoio.

«Vediamo un po' quanto pesi... non sono mai stata brava con la matematica», prosegue mentre schiaccia alcuni bottoni.

Da un rapido conto ho perso ben quindici chili. Sono praticamente uno scheletro. Con un gesto involontario mi guardo le gambe e comincio a palparmele. La sensazione è molto strana, le sento grazie al tatto, ma loro non sentono le mie mani. È una sensazione simile a quando ci si tocca un braccio totalmente addormentato dopo essere stato a lungo in una posizione da non far circolare bene il sangue. Ogni volta che mi succede vengo preso dal panico e mi afferro con l'altra mano il polso del braccio addormentato e comincio a scuoterlo, poi apro e chiudo le dita con delicatezza per favorire la circolazione. È sempre un gran sollievo sentire quel doloroso formicolio che pervade tutta la mano e sapere che è il segnale che un po' alla volta il sangue circola riportando tutto alla normalità.

Mi ritrovo a pensare con rammarico a quanta ansia e agitazione provavo per una cosa così stupida, mentre ora, nel toccarmi le gambe, davvero sembrano morte per sempre. Da quanto magre sono sembrano addirittura essersi rimpicciolite. Non sono quelle di chi per una vita intera ha corso dietro a un pallone e che probabilmente non lo farà mai più.

Non mi lascio scoraggiare da questi pensieri e mi concentro sul fatto di voler essere presto come quel Fernando che corre come un matto lungo i corridoi rincorso dall'operatore. Voglio diventare più veloce della mia disabilità, e poco importa se per ora dovrò farlo a suon di spinte con le braccia.

La sala da pranzo è grande. Al centro ci sono due

tavoli posizionati parallelamente tra di loro e lunghi circa cinque o sei metri e separano l'ingresso da una piccola cucina attrezzata.

Una volta entrato mi rendo conto che tutto sommato non è abbastanza grande per contenere comodamente tutte quelle persone in sedia a rotelle. Muoversi con la carrozzina richiede spazi e ambienti decisamente più ampi, ma la verità è che solo ora ho la percezione di quante persone sono davvero ricoverate qui, quanti ragazzi che, come me, stanno affrontando difficoltà che non avrebbero voluto e di cui avrebbero fatto volentieri a meno. Per ciascuno di loro c'è una famiglia che sta lottando contro lo sconforto. Quante vite, quanti drammi, quanto dolore.

Susanna si prodiga in complicate manovre per riuscire a posizionarmi al mio posto a tavola facendo scomodare un paio di ragazzi che stanno mangiando.

Tutto intorno alle due tavole sono posizionate circa una ventina di persone, alcuni mangiano da soli, altri sono imboccati dagli operatori mentre un paio di infermieri, tra cui Samuele, che ha appena preso il suo posto vicino al carrello dei farmaci, distribuiscono bicchierini pieni di pillole colorate e medicine.

«Buongiorno a tutti», dico a voce alta mentre Susanna dopo avermi fatto accomodare mi porta il vassoio con il pranzo.

Il ragazzo al mio fianco alza la testa dal piatto.

«Ciao», risponde con fare distratto prima di riprendere a mangiare. Comprendo che non ha voglia di chiacchierare e onestamente la voglia passa anche a me.

Quando apro il coperchio che dovrebbe tenere i cibi caldi, mi ritrovo a fissare incredulo una pastasciutta al pomodoro talmente scotta che a guardarla sembra polenta e una bistecca di manzo che mi ricorda tanto quella vecchia pellicola in bianco e nero di Charlie Chaplin nella quale cucina e mangia una suola di scarpe.

Forse è anche per questo che tutti i miei compagni a guardarli attentamente sembrano pallidi, malaticci, rassegnati. Forse è solo un'altra suggestione della mente e forse anch'io allo sguardo di un visitatore esterno do la stessa impressione. Nonostante tutto però io mi sento ancora forte e ottimista e con coraggio e senza paura vado incontro al mio destino armato di forchetta e coltello. Se voglio recuperare in fretta le forze questa è l'unica strada.

Prontamente, prima che io possa iniziare a mangiare arriva Samuele con un bicchierino pieno di medicine. «Il solito, Valerio», dice sorridendo e imitando un barista di fronte ad un cliente affezionato.

«Grazie, Samuele», gli rispondo arricciando il labbro in una smorfia di disgusto per enfatizzare lo stato d'animo.

Mentre allungo il braccio nel tentativo di afferrare il bicchierino che sta di fronte a me mi rendo conto che qualcosa non va e perdo l'equilibrio senza riuscire a sorreggermi. Cado e sbatto prima con il braccio e poi con la testa sopra il tavolo. Per poco non finisco con il viso dritto dentro al piatto di pastasciutta. Non mi sono ancora abituato all'idea di essere senza addominali.

Sento qualcuno che mi soccorre alle spalle e mi sorregge da dietro aiutandomi a ritornare nella posizione verticale.

«Devi stare attento. Non hai più l'equilibrio di prima», dice Susanna sincerandosi che non mi sia fatto male. «I

primi tempi aiutati tenendoti con l'altra mano al tavolo».
Poi con un gesto quasi affettuoso prende un bavaglino di quelli che si usano per i bambini piccoli e me lo lega attorno al collo.

«Con questo eviterai di sporcarti», mi sorride.

«Dai, non esagerare».

La sensazione invece è d'essere tornato un bambino piccolo. Un bambino che non riesce a fare niente da solo. Nemmeno più mangiare. L'operazione richiede più concentrazione e fatica di quanto non avessi immaginato. Per fortuna ho il bavaglino, che in un paio di occasioni mi salva da macchie di sugo che si sarebbero stampate sulla maglietta e non avrebbero fatto altro che accompagnarmi tutto il giorno, ricordandomi quanto sono diventato disabile.

13

Ci sto mettendo un po' ad abituarmi a tutte le novità che la carrozzina ha portato con sé. Nonostante il primo incontro sia stato terribile, in questi giorni ho potuto riscontrare anche alcuni aspetti positivi.

Quando riesco a mettere da parte l'emotività e provo ad analizzare con razionalità le cose, mi rendo conto che potermi muovere per il reparto uscendo dai confini della mia stanza è davvero importante. Certo non sono indipendente, e la procedura di carico e scarico dal letto alla carrozzina richiede ancora molto tempo, anche se ad essere sinceri un po' alla volta stiamo affinando la tecnica e l'operazione, per quanto complicata, risulta sempre più fluida.

Quando "scendo" per andare a mangiare vedo un po' di invidia negli occhi di Claudio e questo mi aiuta a rendermi conto dei piccoli miglioramenti che ho ottenuto. Continuiamo ad osservarci a vicenda come se l'uno fosse l'immagine riflessa dell'altro.

«Beato te che vai a mangiare al ristorante», mi dice mentre l'operatrice lo aiuta a sistemarsi sul letto e gli posa sulle gambe il vassoio con il cibo.

«Non essere troppo dispiaciuto», gli dico quasi urlando mentre volteggio nell'aria ancorato al sollevatore, «il cibo fa schifo uguale».

«Non sai cosa ti aspetta», bofonchia lui con il piatto sulle ginocchia e con la bocca piena, agitando la mano per dare enfasi alle sue parole.

«Non rovinarmi la sorpresa», gli dico mentre mi allontano spinto dall'operatrice.

Pensare che Claudio possa essere in qualche modo invidioso di me è come immaginare un cieco invidioso di un sordo. Si finisce sempre per desiderare quel che non si ha.

Ma si tratta forse di una graduale presa di coscienza, una sorta di nuova consapevolezza, che mi fa capire che i piccoli traguardi raggiunti, poi tanto piccoli non lo sono affatto.

Parlando di traguardi raggiunti, oggi, per la prima volta, Paolo mi ha portato a fare riabilitazione in palestra. Non quella che usano tutti gli altri al piano terra, per quella, come mi aveva già anticipato, dovrò superare un ulteriore livello: uscire dalla fase acuta.

Nel guardare la stanza non si può affermare che sia una vera palestra, è più una sorta di ambulatorio con un lettino da fisioterapia e qualche attrezzo raccolto in una cassa posata per terra. Ma intendiamoci, sempre meglio che starsene a fare gli esercizi disteso a letto.

E poi se voglio davvero riuscire ad andare al matrimonio dei miei amici devo per forza iniziare dai piccoli passi. Mi sembra di essere il protagonista di un famoso videogioco della mia infanzia, costretto a superare con successo una serie infinita di prove di abilità, passando da un livello all'altro, per poter raggiungere il premio finale e liberare la principessa.

Primo livello. Stare seduto.

Con l'aiuto di un assistente, Paolo mi prende quasi di peso e mi fa sedere sul bordo del lettino.

«Ora ti mollo», dice, «devi provare a stare seduto in equilibrio».

Per riuscire nell'intento mi aggrappo con entrambe le mani al bordo. La sensazione è stranissima, se giro la testa a guardare di lato o verso il basso mi sembra che tutto giri e ho come l'impressione di soffrire di vertigini.

«Quasi mi gira la testa», gli dico confuso, ma senza perdere l'equilibrio.

«Molto bene».

Livello superato

Secondo livello: alzare un braccio.

«Ora prova a sollevare un braccio e distenderlo in avanti».

Appena lascio la presa ed alzo la mano sinistra rischio di cadere e mi affretto subito a riposare la mano sul lettino per sorreggermi.

«Riprova con calma», dice Paolo, con pazienza, o forse noia, seduto davanti a me e pronto ad afferrarmi in caso di caduta, «sposta il peso del braccio molto lentamente».

Il secondo tentativo va un po' meglio, ma mi tengo talmente forte al lettino con l'altra mano che quasi mi viene un crampo. Mi ci vogliono altri due o tre tentativi per riuscire a fare l'esercizio con una certa disinvoltura.

Livello superato.

Terzo livello: spostarsi di lato lungo il lettino.

«Ora facendo leva sulle due mani solleva leggermente

il sedere e spostalo un po' di lato. Un "passetto" alla volta».

«Vado», rispondo baldanzoso convinto di riuscirci al primo colpo con semplicità. Questa volta però le cose vanno diversamente e i miei tentativi non vanno a buon fine. Il senso di vertigine che mi dà sporgermi in avanti per far leva sulle braccia è troppo forte, e per di più l'insensibilità al sedere non mi aiuta. Per non parlare di quanto sia ingombrante il pannolone che indosso.

Livello non superato.
Game Over.

«Per oggi basta così. È ora di andare a mangiare», dice Paolo osservando l'orologio appeso alla parete che segna le undici e quarantacinque.

Non riesco a credere di non essere riuscito a svolgere un esercizio tanto semplice e sento dentro di me crescere ancora una volta la frustrazione.

«Perché mi fai fare questi esercizi del cazzo?», gli dico dopo che mi ha riposizionato sopra alla sedia a rotelle.

«E che esercizi vorresti fare?», risponde lui con una calma irritante.

«Sono venuto qui per tornare a camminare e sono giorni che non facciamo altro che mobilizzazione e oggi questi stupidi giochini di equilibrio che non servono a nulla. Perché non mi metti dei tutori e andiamo a camminare alle parallele, perché non mi fate delle elettrostimolazioni per riattivare i muscoli delle gambe?»

Lo vedo sospirare e prendere un lungo respiro come se si stesse preparando per una lunga apnea.

«Dobbiamo prima di tutto recuperare i muscoli addominali, che, come vedi, al momento non riesci più a controllare. Capire se sono stati compromessi e quanto. Dovremo poi lavorare un po' per volta per non affaticarti troppo, in questo momento la tua autonomia è molto limitata. Per non parlare del fatto che non possiamo assolutamente mobilizzare la schiena, hai sentito la dottoressa, devi portare il busto ogni volta che scendi dal letto e dobbiamo evitare ogni piegamento e ogni torsione. Per non parlare dell'inutilità di lavorare in questo momento alle gambe, perché generalmente i fasci nervosi sezionati o degenerati nel midollo spinale non recuperano e il danno funzionale è spesso permanente. Tuttavia, il tessuto nervoso compresso può invece recuperare la propria funzione. Se la ripresa della mobilità e della sensibilità avviene durante la prima settimana dal trauma – e non è il tuo caso – è indice di un recupero favorevole, altrimenti è necessario attendere fino a sei mesi. Dopodiché le disfunzioni che persistono saranno probabilmente permanenti. In questo periodo di tempo non c'è nulla che possiamo fare se non aspettare di vedere se ci sono attività muscolari che si riattivano e lavorare su quelle. Ma per ora non ce ne sono, e pertanto ci concentriamo su cose molto più importanti. Come recuperare l'autonomia».

«E quindi?», rispondo sconcertato.

«Devi imparare a stare seduto in carrozzina, mangiare, lavarti, fare i trasferimenti, vestirti da solo. Tutte queste operazioni ti consentiranno di diventare sempre più indipendente e uscire di qui, muoverti da solo per l'ospedale, tornare a casa in permesso», prosegue tutto d'un fiato. «Ora devo andare. Ciao». Si gira e mi lascia in compagnia dell'operatore di turno fermo in attesa sulla porta pronto ad accompagnarmi in sala mensa.

Mentre sono seduto al tavolo, al mio fianco un ragazzo viene imboccato da un'operatrice. Non l'ho mai visto prima ma a guardarlo deve aver sicuramente subito un forte trauma cerebrale che gli ha compromesso il linguaggio e gran parte dei movimenti. Mi fa una gran tristezza vederlo sbavare.

Per un attimo penso che a me è andata bene e devo ritenermi fortunato di non aver battuto la testa nella caduta. Mi rendo conto che a stare sempre vicini non facciamo che passare il tempo a confrontarci su chi sta peggio, e questo non ci aiuta per niente.

Improvvisamente sento uno starnuto. Faccio giusto in tempo a girarmi per capire cosa stia succedendo che guardando il mio compagno di tavolo vedo che è tutto sporco, mentre l'operatrice sta posando il cucchiaio che, fino a un attimo prima, gli teneva davanti al viso per imboccarlo. Uno spruzzo della sua minestra misto a saliva è finito a raggiera sopra al mio cibo e tutto intorno a me.

Poso il cucchiaio.

Mi è passata la fame.

Chiamo l'operatrice e chiedo di tornare in camera.

14

È stata una giornata difficile e movimentata.

È tre giorni che non vado di corpo, e questa mattina, per il terzo giorno di fila, mi hanno infilato quella sorta di peretta piena di liquido tiepido - almeno così mi dicono essere - nel sedere per stimolarmi a defecare. Nonostante non senta niente e l'operazione richieda pochi minuti, non è per niente piacevole perché una volta terminata mi costringe a rimanere disteso su un fianco per almeno un'ora in attesa.

Ma ancora una volta il risultato atteso non si è verificato, così prima di pranzo mi ha fatto visita la dottoressa che, con il solito fare gentile ma deciso, mi ha proibito di scendere dal letto per tutto il giorno e di rimanere in osservazione visto che la situazione si era fatta critica.

Sono ormai le sei della sera e se da un lato il mal di pancia si è attenuato, lo stress e la crescente preoccupazione per una situazione che non sembrava risolversi mi hanno del tutto spossato e ora disteso a letto ho solo voglia di riposare e possibilmente prendere sonno il prima possibile.

Non capisco se è una suggestione della mente legata a quanto avvenuto oggi ma come se non bastasse si è aggiunto da qualche minuto un dolore nuovo. Suono il campanello e dopo pochi minuti arriva l'infermiere del turno serale. Spiego che ho come un bruciore interno, tipo alla vescica.

Mi sento rispondere che avendo una vescica neurologica[1] non posso sentire nulla e così, dopo avermi indirettamente detto che mi sto inventando tutto, con la stessa rapidità con cui è arrivato se ne va senza lasciarmi il tempo di replicare.

Ma a me questo dolore non passa.

Sopporto con coraggio - o forse solo con stupidità - le fitte che sento intensificarsi e che si fanno di minuto in minuto sempre più lancinanti, fino a quando, raggiunto il limite della sopportazione, suono nuovamente il campanello.

Questa volta l'infermiere arriva accompagnato dal medico di turno.

«Cosa succede?», mi chiede questi con un tono infastidito, come se lo avessi disturbato mentre stava facendo cose più importanti.

Dopo avergli raccontato brevemente ma con dovizia di particolari ciò che sento, lui, ripetendo le parole esatte dell'infermiere, ribadisce che la cosa non è possibile e, senza avermi visitato, mi somministra degli antidolorifici.

«Claudio, non ne posso più» gli confido dopo un tempo che mi è sembrato infinito.

«Ti credo, ormai sono due ore che ti sento piangere», mi dice lui preoccupato.

---

[1] *La vescica neurologica è un disturbo da alterazione dei meccanismi di riempimento-svuotamento della vescica causata da un disturbo del sistema nervoso centrale*

«Ma cosa devo fare? Li ho già chiamati tre volte. Gli antidolorifici non fanno effetto. Il dolore è insopportabile».

«Insopportabile come quel dottore», aggiunge Claudio irritato.

Mi sento quasi in colpa di stare male, l'atteggiamento superficiale e infastidito del dottore mi fa sentire per un attimo inadeguato e inutilmente lamentoso.

Sconsolato schiaccio il bottone.

Il dottore impiega cinque interminabili minuti prima di arrivare con l'ormai consueto atteggiamento supponente.

«Mi dica. Cosa c'è ancora?»

«Dottore, non so più come dirvelo. Ormai le fitte sono continue e insopportabili», piagnucolo contorcendomi dal male.

Mosso a compassione o solamente esasperato dalle mie lamentele finalmente solleva le coperte e le sposta di lato.

«Vediamo di capire cosa succede», sbuffa controvoglia, mentre con le mani inizia a palparmi la pancia evidentemente gonfia.

Vedo il suo volto cambiare espressione e farsi immediatamente serio. Con lo sguardo segue il percorso del tubicino del catetere fino alla sacca per la raccolta della pipì che è legata al letto.

«Quando è stata l'ultima volta che le hanno svuotato la sacca?», mi dice con un tono di preoccupazione crescente nella voce.

«Penso questa mattina...»

«Non gliel'ha cambiata nessuno da questa mattina?», chiede ora in tono allarmato. «E lei non ha mai controllato in tutto questo tempo?», mi domanda irritato.

«Mi scusi, ma cosa avrei dovuto controllare?»

«Che si riempisse regolarmente», chiosa con fare saccente nel chiaro tentativo di addossarmi qualche responsabilità.

«Dottore, ma cosa ne sappiamo noi di cosa dobbiamo fare se le cose non ci vengono spiegate?!», dico visibilmente infastidito.

«Si è sicuramente ostruito il catetere», dice il dottore ignorando le mie parole e rivolgendosi all'infermiere. «La sacca è ancora vuota. Sostituiamolo immediatamente».

Mi sfilano il tubo dal pene e la pipì fuoriesce zampillando come una fontanella.

«Se esce così, la vescica deve essere completamente piena», dice l'infermiere preoccupato mentre mi infila un nuovo catetere.

In meno di un minuto riempio quasi completamente la sacca da litro a cui è collegato il nuovo catetere. La sensazione è incredibile. Sento la pancia sgonfiarsi e le fitte di dolore scomparire piano piano.

Con tutta la rabbia che provo, come un fiume in piena, mi sfogo contro il dottore: «dopo due ore che la chiamo dicendole che ho dolori alla vescica non ha saputo fare altro che somministrarmi antidolorifici. E ha pure il coraggio di chiedermi perché non ho controllato la sacca?! Forse se avesse prestato più attenzione a ciò che le dicevo le sarebbe venuto in mente che poteva esserci un problema con il catetere, invece di lasciarmi qui a soffrire per ore e a farmi sentire uno scemo che si inventa di avere male».

Senza rivolgermi la parola il dottore esce dalla stanza e qualche istante dopo arriva una operatrice con biancheria e lenzuola pulite in sostituzione di quelle appena sporcate dalla pipì.

Sono talmente esausto e allo stesso tempo sollevato per aver finalmente risolto il problema che prendo sonno all'istante.

Ancora una volta vengo rapito dai ricordi e in un sogno tormentato mi ritrovo assieme agli amici della compagnia attorno ad un piccolo fuoco sulla spiaggia. È tardi e tutti abbiamo voglia di tornare alle tende per dormire.

Prima di andarcene abbassiamo la zip dei pantaloni e pisciamo con fare da macho sopra le deboli fiammelle che ancora crepitano. A contatto con le braci ardenti, la pipì emana un vapore acre dall'inconfondibile odore di ammoniaca, mentre con sgomento mi accorgo che a me la pipì non esce.

Un brivido di terrore mi pervade. Insisto, spingo più forte ma non c'è nulla da fare. Non sono più capace di pisciare. Mi agito e comincio ad urlare.

«Ha la febbre alta», dice una delle infermiere accorsa in camera allarmata dalle mie urla nel sonno seguita dalla dottoressa.

Fatico ad aprire gli occhi per risvegliarmi dal brutto incubo. Sono madido di sudore, tremo dal freddo e sento un fortissimo mal di testa.

«Ho saputo cosa è successo ieri» interviene la

dottoressa. «A causa del piccolo contrattempo con il catetere ha contratto un'infezione alle vie urinarie», minimizza senza menzionare l'atteggiamento negligente del collega. «Ora cercheremo di far scendere la febbre. Poi capiremo l'entità dell'infezione e come debellarla. Le preannuncio già che queste cose fanno fatica a passare, e a volte ci vuole davvero molto tempo prima di riuscire a eliminarle».

15

Sono passati cinque giorni. La febbre è ancora alta e non tende a diminuire. Sono particolarmente demoralizzato. Ero convinto che il fine settimana sarebbe stato un momento fantastico durante il quale mi sarei caricato di energie positive, invece è come se fossi ripiombato alla condizione iniziale post operazione. Come in quel famoso videogioco quando compariva la scritta: *Game over, ricomincia dall'inizio.*

Disteso a pancia in su, mentre con gli occhi chiusi abbraccio il libro che sto leggendo, sento sopraggiungere dal corridoio il tipico calpestio di zoccoli che anticipa di qualche istante l'entrata del primario seguito dalle dottoresse.

La cosa mi incuriosisce parecchio perché oggi non è giorno di giro medico. Apro gli occhi senza scompormi cercando di rimanere indifferente per osservare meglio la scena e mi accorgo di trattenere il fiato mentre cerco di capire cosa stia succedendo.

Percepisco da piccoli dettagli del loro comportamento che c'è qualcosa di diverso, il loro sguardo è teso, il loro modo di fare decisamente più risoluto, si muovono in fila indiana e nessuno di loro parla. Non scorgo i tratti teneri e amabili che ho imparato a riconoscere in questi giorni nella dottoressa dietro a quel suo modo sempre serio e professionale di parlare: la tensione è palpabile, più pesante del solito. Temo che la loro visita possa essere portatrice di brutte notizie, ma dopo aver superato il mio letto si dispongono attorno a quello di Claudio.

Povero Claudio, per lui le cose si mettono male, penso mentre istintivamente tiro un sospiro di sollievo.

«Signor Banzato, sono il dottor Ruzza, primario del reparto, ci siamo già incontrati la settimana scorsa al suo ingresso si ricorda?», dice con voce ferma il primario, mentre una delle due dottoresse si appresta a tirare accuratamente la tenda che funge da separé tra i nostri letti.

Non posso non sorridere amaramente su come i dottori si prodighino a nascondere alla vista ciò che possiamo facilmente immaginare udendo distintamente quanto proviene dall'altra parte.

Il primario nel suo camice bianco, alto e robusto, dal portamento fiero e autorevole regge la cartella clinica di Claudio e ne sfoglia le pagine. Claudio, magro e dal viso scavato, con quei suoi occhi azzurri e candidi, lo osserva intimorito in attesa di capire cosa stia succedendo.

Dopo pochi ma interminabili secondi in un'atmosfera surreale come prima di un imminente temporale ecco la sentenza. «Signor Banzato, lei non camminerà mai più».

Le parole del primario sono dirette, taglienti, precise. Il colpo è andato a segno, Claudio sembra tramortito senza quasi aver realmente intuito del tutto ciò che è successo. Sento il sangue raggelarsi nelle vene e io stesso non riesco a trattenere una lacrima.

Siamo compagni di stanza solo da pochi giorni, ma

mi sembra di conoscerlo da una vita. Pur così diversi ci accomuna un amaro destino, che sommato a tutte le ore che condividiamo dentro questa stanza ci ha fatto ben presto entrare in sintonia. Posso immaginarlo con lo sguardo perso a fissare il soffitto, cercando di comprendere e metabolizzare il senso di quelle parole.

«Dottore», dice in un tentativo disperato rompendo il silenzio, «non potrebbe essersi sbagliato?» Sembra esanime e con un moto di orgoglio prova a reagire aggrappandosi come può alla speranza.

«No, Signor Banzato, mi dispiace. Gli esami che abbiamo condotto ne escludono ogni possibilità».

Silenzio.

Alcuni istanti dopo arrivano i saluti di commiato e dopo che la dottoressa ha riaperto la tenda il drappello esce così come era arrivato, in silenzio, a testa alta, in fila indiana come un plotone di soldati dopo un'esecuzione. Perché, ai miei occhi, questo è sembrata.

Non ho il coraggio di voltarmi a guardare Claudio. Temo che possa leggere tra le lacrime quel senso di sollievo che sto provando dopo aver visto i dottori uscire senza fermarsi al mio capezzale. Sento una contrapposizione di sentimenti così forte da rimanere a mia volta disorientato e impietrito. Sento il senso di colpa crescere, mi sento un egoista ad aver pensato che per me oggi è andata bene, ma sento anche un sincero e fraterno dolore nell'immaginare come possa sentirsi lui solo e indifeso a dover portare il peso di questa dura realtà.

Perché gli hanno detto la verità in modo così diretto? mi domando. Non potevano aspettare che ritrovasse un po' di energia e lasciargli ancora viva per un po' la speranza di recuperare ciò che ha perduto? Quella speranza che avrebbe potuto permettergli di trovare la forza per reagire e affrontare meglio questo calvario?

Forse non vogliono illuderlo? Penso. Ma illuderlo di cosa? Non siamo così sprovveduti ed ingenui da pensare che tornerà tutto come prima. Ma alla luce di ciò che hanno appena detto i medici, ha davvero senso continuare a lottare per una vita del genere? Si può ancora chiamare vita questa? È ancora degna di essere vissuta?

Mi volto verso Claudio che piange in silenzio guardando il soffitto, e mentendo a me stesso gli dico: «ce la faremo».

16

Alla fine, come diceva mia zia "il tempo passa" e, anche se purtroppo non "aggiusta le cose", porta inevitabilmente con sé cambiamenti e novità. E così è stato anche per me.

Due giorni fa la dottoressa mi ha finalmente annunciato che la "fase acuta" poteva ritenersi conclusa e ha disposto il mio trasferimento in una nuova stanza, in tutto e per tutto uguale a quella precedente, solo più vicina alla sala mensa.

Questa volta ho la fortuna di avere il letto vicino alla luminosa finestra che dà sul giardino, che però da disteso non riesco a vedere essendo al primo piano con un parapetto molto alto. Poco male, in queste calde e luminose giornate di settembre rischierei solo di intristirmi nel vedere le persone passeggiare fuori, mentre verso le sette di ogni giorno, con puntualità svizzera, gli infermieri ci mettono a dormire.

Claudio lo hanno trasferito il giorno seguente al mio. Oltre a noi in stanza c'è un ragazzo della mia età, si chiama Alessandro. È un tipo molto silenzioso, di salute cagionevole, ricoverato a causa di piaghe molto profonde e un poco trascurate e pertanto costretto a rimanere allettato per la maggior parte del tempo. Lui è il "veterano". Il suo incidente è avvenuto molti anni fa. Per noi che ne sappiamo ancora troppo poco di cosa sia una lesione midollare e di quali siano le conseguenze permanenti che porta con sé scopriamo nel guardarlo a quali dolorosi rischi siamo esposti.

Nel letto a fianco al mio c'è un signore sulla cinquantina, Giulio. Mi dà l'idea di essere un gigante solitario dal cuore buono ma dalla corazza ruvida, arrabbiato con il mondo o forse ancor di più col destino. Balbetta vistosamente e fa spesso sfoggio di una sicurezza che molto probabilmente non ha.

«Qua-qua-qua è una guerra!», dice con la serietà del vecchio saggio che sta impartendo lezioni di vita a noi ragazzini giovani e inesperti, «e in-in-in guerra bi-bi-bisogna andare a-a-armati», conclude alzando il braccio e serrando il pugno.

Se nell'altra stanza ero in compagnia di un signore con la tracheotomia che non poteva parlare ora mi ritrovo a poter chiacchierare con un balbuziente. Tutto sommato le cose vanno migliorando, penso con ironia, sorridendo a denti stretti: stando qui ne sentirò delle be-be-belle.

Mentre sto facendo degli esercizi con dei pesi che mi sono fatto portare da mia madre e che mi sono imposto di ripetere tutti i giorni per rinforzare i muscoli delle braccia, alla porta si affaccia con fare curioso una ragazza bionda, dai capelli lunghi, il viso magro leggermente scavato e un naso un po' pronunciato. Nascosta dietro lo stipite, quasi a spiare dentro senza farsi notare, indossa la classica casacca bianca con scollo a V dei fisioterapisti. Quando si accorge che la sto guardando arrossisce un po' e mi saluta agitando vistosamente la mano in un gesto simile a quello di una ragazzina.

«Ciao, tu sei Valerio, giusto?», mi chiede con fare allegro e una vocina dai toni acuti.

«Sì, sono io», le dico incuriosito.

«Io sono Martina, la tua nuova fisioterapista», dice ridendo. Ha un modo molto singolare di ridere, arricciando il naso ed emettendo un suono nasale che assomiglia vagamente a un grugnito.

«Ciao!», le rispondo io.

«Puoi e-e-entrare, non ti-ti-ti mangiamo mi-mi-mica» la incalza Giulio.

«Stai buono che la spaventi», interviene Claudio. Nonostante siamo ancora dei perfetti sconosciuti sembriamo amici di lunga data.

«Non mi spavento tanto facilmente», risponde decisa Martina, che dimostra di sapere il fatto suo. «Preparati che da domani iniziamo a fare fisioterapia insieme» prosegue quasi a modo di minaccia prima di farmi l'occhiolino e voltarsi.

La sento allontanarsi lungo il corridoio ridendo con quel suo modo strano di arricciare il naso, mentre mi ritrovo a pensare che finalmente dopo tanto tempo è arrivata una buona notizia.

Ma il buonumore in questo posto è destinato a durare poco. Me ne rendo conto con l'arrivo poco più tardi dei miei genitori. Hanno l'aria stanca e riconosco nei loro silenzi un sentimento di impotenza che li costringe da settimane al ruolo di spettatori passivi di ciò che succede. Se potessero, farebbero i salti mortali pur di liberarmi da questa sofferenza, ma tutto ciò che possono fare è starmi vicino. E questo non fa che amplificare il loro malessere.

Ad un certo punto mia madre, come se fosse da un po' che medita di affrontare l'argomento, esordisce dicendo: «te lo dico io cosa dobbiamo fare, dobbiamo chiamare quel centro in Svizzera e farti ricoverare lì».

La cosa mi coglie di sorpresa e non posso che chiederle a cosa si stia riferendo.

Prosegue dicendo che si è informata in internet su un centro privato di prim'ordine in Svizzera, che ha la fama di far tornare a camminare i paraplegici. Dalle ricerche che ha condotto, sembra serio e con delle ottime referenze.

«Sei sicura, mamma? Come mai qui non me ne ha parlato nessuno?», le chiedo scettico voltandomi verso mio padre per capire se lui ne sapesse qualcosa. Il suo sguardo sembra dirmi: "ha fatto tutto lei".

«Perché qui non hanno alcun interesse a mandarti da un'altra parte», prosegue lei nel suo inarrestabile monologo, «e perché nessuno si prende la responsabilità di dirti che potresti tornare a camminare».

«Le ho detto di calmarsi e di non essere frettolosa», interviene mio padre che finora era rimasto silenzioso alle sue spalle.

La sua affermazione genera una discussione che mette ancora una volta in luce il clima teso che si vive in casa in questo momento. Anche se non me ne hanno mai parlato intuisco che devono avere già affrontato l'argomento con vedute e prese di posizioni diametralmente opposte.

Al di là del costo esorbitante per il ricovero, secondo mia madre in quel centro mi farebbero fare molte più ore di fisioterapia rispetto a quante ne siano previste qui e questo mi garantirebbe maggiori chance di recupero.

Io però sono scettico. L'idea di riporre tutte le mie speranze in una clinica privata e costosissima oltre confine invece di credere ai medici che sono qui da settimane a fare del loro meglio mi lascia perplesso.

E poi domani potrò finalmente scendere in palestra con Martina.

Ancora una volta a farmi tornare il buonumore ci pensano loro. Gli amici. Dalle sei del pomeriggio sono concesse le visite e grazie al fatto che ora posso, con la loro supervisione, uscire dal reparto, è un continuo via vai di persone che viene a prendermi per portarmi in giardino a prendere una boccata d'aria e le ultime ore di un tiepido sole estivo.

Questa sera Sara e Stefania si sono fermate anche oltre l'orario consentito, grazie alla disponibilità dell'infermiere di turno di chiudere un occhio alle rigide regole dell'ospedale.

Ai miei compagni di stanza la loro presenza non da fastidio e noi, nascosti dietro alle tende che circondano il mio letto, chiacchieriamo come abbiamo sempre fatto, ridendo e scherzando come se nelle nostre vite nulla fosse cambiato.

17

«Devi immaginarti di muovere le gambe, come se ci riuscissi», mi aveva detto un amico fisioterapista durante una delle sue prime visite. «Ci ho provato qualche volta, ma ti assicuro che non si muove nulla», gli avevo risposto un po' irritato dal fatto che, proprio lui, avrebbe dovuto comprendere meglio di tutti la mia condizione e non dirmi delle cose che mi sarei aspettato da qualcun altro.

Sembrava uno di quei suggerimenti che si leggono su internet per raggiungere risultati inimmaginabili col potere della mente, al motto "se vuoi puoi". Ho smesso quasi subito di informarmi tramite il web sulla mia condizione, perché ovunque leggo di persone a cui hanno diagnosticato una lesione come la mia che sono tornate non solo a camminare, ma addirittura a correre una maratona. Di cure effettuate con le cellule staminali che garantiscono la rigenerazione del midollo spinale danneggiato, di operazioni che secondo l'autore dell'articolo permettono di ricostruire connessioni nervose con by-pass sul punto della lesione. Quando si sta male le voci ammalianti delle sirene si sentono ovunque.

«Non ti devi scoraggiare», aveva continuato pazientemente il mio amico. «Potrebbe essere che non serva a niente, nessuno può garantirci il contrario, ma non sarebbe comunque tempo sprecato. È importante che le aree del tuo cervello adibite al movimento rimangano attive e stimolate. Il corpo umano è una macchina talmente perfetta che se c'è una possibilità di guarigione lui è in grado di trovarla. Ma noi dobbiamo dargli gli stimoli giusti».

«E cosa dovrei fare allora?»

«Immagina di muovere un muscolo alla volta, partendo dalle dita dei piedi. Poi sali alla caviglia, poi al ginocchio. Lo fai prima con una gamba e poi con l'altra, con pazienza, senza fretta, immaginandoti le sensazioni che provavi quando riuscivi davvero a farlo. Questo è importante: non devi dimenticare le emozioni che ti dava fare quei movimenti. Se non lo fai, dopo un po' tutte queste informazioni andranno perse, tu devi provare a mantenerle vive il più possibile. Alla fine, immagina di fare il movimento completo, immagina di camminare lentamente, poi sempre più forte, fino a correre. Cerca di metterti in ascolto di tutte le informazioni che il tuo corpo ti invia. Si chiamano visualizzazioni. Le usano anche nello sport per migliorare le performance degli atleti. Le emozioni positive che riuscirai a vivere sono in grado di stimolare in maniera stupefacente ogni forma di recupero».

Non mi aveva convinto proprio del tutto, anche perché nessuno di questi suggerimenti mi è mai stato dato dai dottori in questi giorni e perché da sempre per me la medicina è una scienza esatta, per la quale a ogni azione corrisponde una reazione precisa, e per ogni forma di malattia esiste la sua medicina specifica.

Il mio amico mi stava invece dicendo che esiste una componente variabile che può intervenire in maniera significativa nel processo di guarigione e questa variabile prende il nome di volontà.

In questi giorni quindi, con tutto il tempo che ho a disposizione, ripensando alle sue parole - pur senza comprendere se mosso da speranza o disperazione - decido che tentare non costa nulla.

Ma nonostante tutti gli sforzi, guardando in direzione delle gambe mi arrendo all'idea che non si muove niente, anche se, chiudendo gli occhi, la sensazione è che un flusso di energia invisibile stia scorrendo dal cervello fino alla punta dei piedi.

Forse, ancora una volta, è solo una suggestione generata dalla mente, in grado però di infondermi un po' di speranza. Così continuo senza sosta, concentrato e attento a non lasciare nulla di intentato.

Ed è proprio mentre sono impegnato con questi esercizi che mi sembra di avere un'allucinazione.

«Lo avete visto?!» urlo con tutto il fiato che ho in gola, spalancando incredulo gli occhi.

È tardo pomeriggio, quasi notte nel fuso orario ospedaliero e come sempre a quest'ora sono disteso a letto con i genitori al mio fianco che radunano le loro cose per rientrare a casa.

«Si muove, guardate lì!», continuo indicando con l'indice la punta del piede destro: «il dito, quello grosso!», insisto pieno di adrenalina.

Il mio urlo li fa sobbalzare dallo spavento e senza capire cosa stia davvero succedendo si girano di scatto verso di me. Tutti e tre guardiamo in quella direzione, giusto in tempo per vedere chiaramente l'alluce alzarsi e poi riabbassarsi.

«Lo avete visto anche voi?», chiedo incredulo in preda ad un'eccitazione crescente mentre sento il cuore scoppiarmi nel petto. È successo talmente all'improvviso che i miei chiassosi genitori sono rimasti ammutoliti per la sorpresa e sembrano anche loro non stare più nella pelle.

In preda ad una foga incontenibile provo a ripetere il movimento ma questa volta non succede nulla. Mi chiedo se non me lo sono solamente immaginato mentre la gioia inizia a lasciare spazio ad un senso di agitazione. Il dito non risponde più ai miei comandi.

I miei genitori, che continuano a guardarsi l'un l'altra senza capire, provano a toccarmi il dito quasi a spingerlo verso l'alto per aiutarlo ad alzarsi. Ma ogni tentativo risulta vano e il dito sembra essersi improvvisamente addormentato così come si era improvvisamente svegliato.

La mattina dopo quando vedo la dottoressa attraverso la porta del corridoio le corro incontro senza lasciarle il tempo di entrare in stanza. Correre non è forse il verbo più indicato per chi si muove in carrozzina, ma rimane pur sempre quello più evocativo.

Pieno di entusiasmo le racconto del movimento dell'alluce e di come sia riuscito a muoverlo a comando. Eppure, più mi inoltro nel mio sensazionale racconto, più mi rendo conto che il suo volto rimane del tutto inespressivo.

Ho la netta sensazione che se l'aspettasse e dalle sue parole scopro con enorme stupore che in realtà ne è già a conoscenza. È proprio vero che qui in ospedale anche i muri hanno le orecchie e non c'è poi molto da meravigliarsi se le informazioni si trasmettano da operatore a operatore alla velocità della luce.

La risposta scientifica della dottoressa non tarda ad arrivare e – nonostante lo avessi previsto e mi fossi ripromesso di non farmi scoraggiare – è in grado di generarmi un moto di rabbia che riesco a contenere a fatica.

«Ciò che ha visto è sicuramente un riflesso involontario generato da qualche stimolo esterno che il suo sistema nervoso non ha riconosciuto. Lo stimolo non arrivando al cervello è come rimbalzato nel punto in cui il suo midollo è lesionato, generando a sua volta un movimento casuale del dito», mi spiega con fare accademico.

Respiro a più riprese per mantenere il controllo, mentre con le mani comincio a stringere nervosamente i pantaloni della tuta.

«Le assicuro che quel movimento era tutto tranne che involontario», le dico con un tono forzatamente pacato senza smettere di stringere i pugni: «io ho provato a muovere l'alluce e l'alluce si è mosso per ben due volte al mio comando. Glielo garantisco».

La dottoressa non perde la sua famigerata calma e inizia con un'altra spiegazione plausibile.

«... potrebbe essere che un piccolo fascio nervoso abbia ripreso a funzionare. A volte capita senza un apparente motivo. Come le abbiamo già spiegato molte volte, il midollo spinale è paragonabile a un fascio di filamenti, tipo quello dei fili elettrici, e magari uno di questi non è stato spezzato dall'incidente. Quando questo avviene il muscolo è così debole, essendo rimasto inutilizzato per tanto tempo, che dopo pochi movimenti la forza si esaurisce e smette di contrarsi. Deve avere il tempo di "recuperare le forze" prima di potersi muovere di nuovo».

Questa nuova spiegazione mi sembra molto più plausibile e istintivamente mi riempie di speranza al pensiero che magari con il tempo potrei scoprire che molti altri di questi filamenti si sono conservati intatti e con un tono più morbido le chiedo: «questo, Dottoressa, significa dire che tornerò a camminare?»

Nel suo volto passa un'espressione di malcelata rassegnazione. «Ad essere ottimisti, le probabilità sono bassissime».

«Le garantisco che io farò di tutto per riuscirci», affermo con convinzione, cercando in realtà di convincere più me stesso che lei.

«Signor Montini, non perda questa determinazione», dice fissandomi negli occhi prima di uscire dalla stanza.

Non ci crede minimamente. Si vede. Ma apprezzo comunque il tentativo di infondermi un po' di speranza.

18

La dottoressa Paolini entra dalla porta con fare risoluto. Ha la fama di essere un'urologa molto preparata e competente ma, nelle poche occasioni nelle quali ho avuto occasione di incontrarla e di parlarci, ho riscontrato la sua scarsa capacità di risultare empatica. A guardarla sembra la fotocopia della dottoressa di mezza età che ci si immaginerebbe di incontrare in un reparto come questo: piccola di statura, capelli a caschetto, occhiali, camice bianco e dai modi eccessivamente rigidi.

«Siamo pronti per l'esame?», mi chiede venendo subito al sodo.

«Prontissimo», dico euforico per mascherare l'agitazione.

«Bene. Gli infermieri la porteranno a fare un'ecografia. Ha presente cos'è un'ecografia?»

A un mio cenno affermativo prosegue: «l'esame ha lo scopo di verificare come si comporta la sua vescica in assenza del catetere, ma per poterlo fare dovremo prima di tutto riempirla, iniettando dentro della soluzione fisiologica».

«Cioè mi sparate dentro al pene dell'acqua?!», chiedo cercando di fare il simpatico senza riuscire a scalfire l'espressione seria del suo viso.

«Se vuole metterla in questi termini, sì. Dovremo simulare una situazione di vescica piena. Una volta riempita le verrà tolto il catetere e lei dovrà provare a mingere da solo per cercare di svuotarla. Tutto chiaro?», mi chiede.

«Mingere?», dico con tono interrogativo.

«Urinare», risponde nel tono più ovvio del mondo.

«Una volta superato l'esame potrete togliermi definitivamente il catetere, giusto?», aggiungo pieno di entusiasmo mentre due infermieri mi aiutano a fare il trasferimento in carrozzina per recarmi all'ambulatorio.

Immagino già il piacere di starmene liberamente senza un tubo infilato nel pene. Ogni volta che mi piego e il tubicino si schiaccia avverto una sensazione di bruciore che mi costringe a rialzarmi e a respirare profondamente. I dottori continuano a dire che non dovrei sentire nulla. Eppure, io il dolore lo sento. Tanto che parlando con Claudio in questi giorni ho pure pensato di scrivere un libro ed intitolarlo: "le péne del mio pène".

La voce dalla dottoressa mi riporta alla realtà.

«Mi sembra che lei stia correndo un po' troppo», dice con fare serio, «non le ho detto che potrà togliere il catetere. L'esame ci darà ulteriori indicazioni sullo stato della sua vescica, ma dovremo essere cauti e aspettare l'esito prima di emettere un responso».

Mentre mi reco verso l'ambulatorio mi ritrovo a pensare a quanti esami ho fatto da quando sono ricoverato e ancor di più a quanti esami ho dovuto sostenere nella mia vita. A ripensarci ora mi sembrano tutti talmente banali in confronto a questo, e mi viene da ridere al pensiero di quanto fossi preoccupato mentre mi accingevo a sostenerli. Scoprire che potrei fare a meno di usare il catetere sarebbe la notizia più bella della mia vita e sapere che tutto dipenderà dall'esame di oggi mi crea una certa ansia.

Il laboratorio è piccolo, un paio di sedie addossate alla parete, un attaccapanni vicino ad un separé bianco e nel mezzo un lettino simile a quello che serve per le radiografie. È poco illuminato e nel muro di fronte alla porta di ingresso vi è un'ampia vetrata dietro la quale si posizionerà il medico per operare sulla macchina durante l'esame.

Non c'è bisogno di spogliarmi, sono già praticamente nudo sotto al camice da ospedale che indosso per l'occasione e pertanto gli infermieri mi aiutano a adagiarmi sul lettino che trovo durissimo e freddo e che mi crea diversi fastidi alla schiena.

«È possibile avere un materassino da posizionare sotto?», chiedo timidamente non riuscendo a trattenere delle smorfie per il dolore.

«Purtroppo no», mi risponde l'assistente con fare gentile. «Ora ti riempiremo la vescica con mezzo litro di fisiologica, dopo di che sfileremo il catetere e proverai a liberarla».

Il liquido entra dal mio pene in un percorso contrario rispetto a quello abituale, andando lentamente a riempire la vescica in un processo che trovo del tutto innaturale. In realtà è tutta questa vicenda a sembrarmi innaturale. Un ragazzo di trent'anni costretto a vivere una vita senza camminare, a pisciare tramite un tubo, a rinunciare ai sogni che ha sempre coltivato sin da piccolo.

Sento la pancia gonfiarsi sotto il leggero grembiule che indosso.

«Ci siamo quasi», dice il dottore mentre con un

ecografo mi massaggia la pancia ricoperta di gelatina, proprio come si fa con le donne incinte. «Ora toglieremo il catetere e lei dovrà provare a mingere cercando di svuotarsi completamente», mi dice per l'ennesima volta come si fa con le persone un po' lente di comprendonio.

«Dove dottore?», chiedo io spaesato ancora disteso a pancia in su e con le gambe in posizione leggermente divaricata.

«In che senso dove?», mi risponde lui.

«Dove devo farla?», chiedo di nuovo dato che non vedo bagni né catini intorno a me.

«La faccia lì dov'è, dove vorrebbe andare?», dice quasi canzonandomi prima di uscire per posizionarsi dietro al vetro dal quale potrà controllare ciò che succede.

«Va bene».

Ci mancava solo di dovermi fare la pipì addosso, penso tra me e chiudendo gli occhi inizio a spingere. O la va o la spacca. Nonostante i miei sforzi non riesco a capire se sta uscendo o meno. Mi concentro e attivo tutti i sensi per cercare di intuire cosa stia succedendo lì sotto al mio ombelico.

È strano. Ho come l'impressione di riuscirci senza averne una percezione chiara, come se la pipì stesse fluendo silenziosa e immateriale. Forse è solo una suggestione e in realtà non ci sto riuscendo perché la mia vescica, come dicono i medici, è davvero danneggiata? Ma non voglio ancora arrendermi all'idea, e continuo a spingere con convinzione a denti stretti, attivando i pochi muscoli dell'addome che ancora rispondono ai miei comandi.

Finalmente come una liberazione percepisco un liquido caldo correre lungo la pancia fino quasi al petto e poi giù sul lettino fino a toccarmi la schiena. Per un istante mi sembra di volare e questa sensazione di calore rinnova il mio entusiasmo e continuo a spingere con ancora più convinzione.

Non sono mai stato così contento di pisciarmi addosso.

«Va bene così», mi dice il dottore mentre rientra nella stanza.

«Ma non ho ancora finito!», ribatto senza interrompermi, certo di non avere ancora terminato e con la paura di non aver superato la prova.

«Le dico che va più che bene. Stia tranquillo».

«Ma ne ho fatta pochissima», mi lamento.

«Guardi che ha fatto un lago tutto intorno, non direi che ne ha fatta poca, anzi, credo proprio che l'abbia fatta tutta», mi dice mentre mi posa nuovamente l'ecografo sulla pancia per verificare.

Mi sembra impossibile. Quasi non mi sono accorto di niente, ma le parole del dottore sono comunque capaci di riempirmi di speranza, così chiedo al dottore cosa vede nello schermo.

«Non sarei tenuto a dirle niente. Il mio compito è fare l'esame e dare l'esito alla Dottoressa», mi dice mentre un'operatrice mi pulisce con degli asciugamani e delle spugne bagnate prima di aiutarmi a salire sulla carrozzina. «Comunque fossi in lei non mi preoccuperei», prosegue con un sorriso eloquente prima di salutarmi e uscire dalla stanza.

Allora ce l'ho fatta davvero, penso pervaso da una gioia incontenibile. Lo devo scrivere da qualche parte: *Oggi mi sono pisciato addosso. È il giorno più bello della mia vita.*

19

A distanza di qualche giorno l'alluce ha ripreso a muoversi a comando con un po' più di vigore rispetto alla prima volta, ma quell'unico movimento nel punto più lontano e remoto del mio corpo rimane ugualmente lì solitario e apparentemente inutile, a darmi l'illusione che qualcosa ancora funzioni, ma allo stesso tempo a ricordami come sia tutto il resto a tacere e dormire in un immobilismo angosciante.

Da qualche giorno ho una nuova carrozzina, più maneggevole e meno ingombrante, grazie alla quale riesco a muovermi con più disinvoltura all'interno del reparto. Me l'ha fornita la fisioterapista recuperandola da un magazzino di carrozzine usate che tengono a disposizione per i vari pazienti. Per l'occasione ho chiesto a mia madre di comprarmi e portarmi una trombetta che ho attaccato al telaio e che utilizzo come segno distintivo per salutare i miei compagni di avventura quando li incontro lungo il corridoio, o per avvertire del mio arrivo perché mi venga lasciato spazio. Mi è capitato di urlare "pistaaa" facendo zig-zag tra un carrello dei medicinali e un infermiere e la cosa mi ha già creato dei problemi con la caposala, che questa mattina mi ha ripreso con veemenza, quando scherzosamente le sono passato accanto e le ho strombazzato alle spalle.

«Te lo levo quel clacson!», mi ha urlato contro, «qui c'è gente che sta male, devi portare rispetto».

Rispetto?, mi chiedo. In che maniera starei mancando di rispetto suonando una trombetta?

Possibile che quando una persona sta male debba per forza piangersi addosso ed essere triste? Possibile che non si possa affrontare le proprie sofferenze anche con uno spirito diverso e più combattivo?

Mi irrita pensare a come ci venga quasi imposto di adottare un atteggiamento vittimistico, che susciti pena. Quasi a richiamare su di noi più attenzioni di quante non otterremmo con un sorriso sulle labbra. Ma a me non interessano le attenzioni. A me interessa stare bene.

Uscendo dalla stanza vedo arrivare dal corridoio lo psicologo del reparto che da lontano mi fa cenno con la mano di fermarmi. Una volta raggiunto mi chiede di seguirlo nel suo ufficio per cinque minuti. Onestamente non ho alcuna voglia di farmi psicanalizzare e men che meno da un dottore che in queste settimane non ho mai incontrato.

«Valerio, come stai?», mi chiede facendomi entrare e accomodandosi nella sua poltrona dietro la scrivania.

Lo studio è piccolo, nessun divano su cui distendersi come nelle classiche scene da film americano, nessun profumo particolare, nessuna musica rilassante, nessun fiore o pianta ornamentale. Solo una scrivania particolarmente disordinata, un paio di quadri alle pareti, una finestra e una piccola libreria.

«Tutto sommato bene», rispondo con noncuranza.

«Mi hanno detto che hai un carattere forte e che sei pieno di energia. Forse anche troppa, secondo la caposala...»

Prima che possa terminare la frase lo interrompo dicendo con rabbia: «certo, la caposala ci vorrebbe tutti a letto silenziosi e immobili così le creeremmo meno problemi e avrebbe meno lavoro da fare».

Fingendo di non aver sentito, prosegue con una calma snervante: «comunque non ti ho chiamato per questo, vorrei chiederti di Claudio...»

«In che senso? Non vuole strizzare il mio di cervello?», chiedo stupito.

«No, per ora ci sono casi che sembrano più complicati del tuo. Per quello ti ho chiesto di Claudio. Lo hai mai sentito parlare di suicidio?»

Non capisco se stia scherzando o parlando sul serio e mi chiedo se si possa davvero parlare con tanta disinvoltura di un argomento come questo. Rimango incredulo a fissarlo.

«Per piacere puoi parlarci?», prosegue vedendo che non trovo le parole per rispondere, «mi dicono che tu abbia una buona influenza su di lui. Prova a convincerlo a rivolgersi a me».

Me ne vado promettendogli che lo farò ma confuso e indignato per il fatto di essermi sentito usato anziché aiutato. Non ho di certo bisogno di lui, ma in cuor mio una chiacchierata avrei desiderato farla anch'io. Sarebbe stata l'occasione per sfogarmi e verbalizzare il mio stato d'animo, le mie paure, il dolore che provo. Probabilmente mi avrebbe aiutato.

E poi chiunque tra di noi ha più volte affermato che una vita così sarebbe davvero una vita di merda. Sono certo di averlo detto anch'io almeno una volta che non vale la pena di continuare a vivere in queste condizioni, ma sono cose che si dicono per enfatizzare la situazione.

E poi, proprio Claudio? È vero che talvolta sembra triste dando l'impressione di non essere capace di reagire. Ma come può pensare una cosa del genere proprio lui che presto diventerà papà? A me sembra una follia.

Mentre sono assorto nei miei pensieri sento Claudio che dal corridoio mi chiama ridendo: «hai saputo cosa è successo a Stefano?»

Stefano è un paziente di circa quarant'anni, ricoverato per una disabilità causata da una malattia degenerativa. È una persona molto piacevole, di una tranquillità invidiabile, sempre educato e gentile, con una moglie che viene a trovarlo quotidianamente accompagnata dalla loro figlia di sette anni. Il suo problema è che pesa oltre cento chili, ed è così grande e grosso che a guardarlo sembra un elefante incastrato dentro un passeggino.

«No, cos'è successo?» chiedo a Claudio.

«Stefano era sceso per andare al bar quando si è trovato a dover uscire dall'ascensore spingendo la carrozzina all'indietro. La sfortuna ha voluto che l'ascensore fosse leggermente più basso del pavimento del piano e quando ha spinto la carrozzina ha trovato un piccolo scalino e si è praticamente ritrovato rovesciato all'indietro gambe all'aria. Te lo immagini?»

Ora, immaginarmelo riverso sulla schiena come una tartaruga posata sul carapace è straordinariamente divertente.

«Non ci credo», rispondo io scoppiando a ridere guardando con che teatralità Claudio lo stia mimando. «Ma si è fatto male?»

«No, no, niente di rotto», mi tranquillizza sempre

ridendo.

Ancora una volta mi sorprendo su come si possa ridere della nostra disabilità e delle nostre disavventure.

«La cosa più bella», prosegue, «è che è rimasto lì disteso in mezzo alle porte bloccando l'ascensore per un quarto d'ora in attesa che arrivassero gli infermieri a raddrizzarlo. Gli ci è voluto il sollevatore per tirarlo su», mi dice mimando con il braccio il gesto di una gru in azione.

In quel momento si aprono le porte automatiche e vediamo entrare Stefano, spinto da due operatori, tutto rosso in viso.

«Stefano, ti sei fatto male?», gli chiedo per sincerarmi delle sue condizioni.

«No, ho preso solo un po' di paura. Il problema è che non sapevo più come fare per raddrizzarmi», conferma col suo modo pacato e rilassato di affrontare la vita. «Ho dovuto chiedere aiuto a due anziane signore che aspettavano fuori dall'ascensore e che nel vedermi cadere si sono spaventate a morte tanto da farmi preoccupare che potessero avere un infarto», ci dice questa volta ridendo a sua volta, mentre viene spinto via in direzione della sua camera.

«Ti immagini il titolo sul giornale?», dice Claudio che è in vena di scherzare. «Ospedale: disabile cade e due vecchie muoiono per lo spavento».

Usciamo dal reparto approfittando delle porte aperte e ci avviamo verso il bar per prendere un caffè.

«E se capitasse anche a noi una cosa del genere?», gli chiedo mentre pigiamo sul bottone per chiamare l'ascensore che ci porterà al piano terra.

«Meglio se tieni sempre a portata di mano un

cellulare», risponde lui con allegria, evidentemente di buonumore. Sicuramente il suo atteggiamento nasconde le stesse paure e dubbi che assillano anche me e che in un certo qual modo vuole esorcizzare.

Ridiamo e continuiamo a ridere di noi stessi con una leggerezza che finora non avevamo ancora conosciuto.

Saremo anche dei poveri disabili sfigati che si accontentano di ridere delle proprie disavventure, ma di farla finita non ci passa minimamente per la testa. Per cui per ora non dirò nulla a Claudio della conversazione fatta con lo psicologo.

20

«Dottoressa, mancano solo sette giorni al matrimonio, me lo concede il permesso per andarci?»
Esita.
Quanti progressi ho fatto in queste sei settimane, penso in attesa del verdetto, sei settimane che sembrano una vita intera.
«Ci sono ancora molte cose da imparare prima di poter uscire…» mi dice dopo un tempo sembrato interminabile.
«Impariamole».
E così inizia una nuova settimana, l'ultima settimana utile per dimostrarle di cosa sono capace. Carico di adrenalina come quando da bambino giocavo a *Super Mario Bros*. Quando sbagliare significava ricominciare da capo.

Livello uno: vestizione
Indossare i jeans richiede uno sforzo titanico. Non ricordavo che quei maledetti pantaloni fossero tanto stretti e duri. Se è arduo riuscire a infilarli è praticamente impossibile riuscire a starci comodamente seduto in sedia a rotelle. Le dure cuciture ed i bottoni potrebbero piagare la pelle delle gambe e la difficoltà nell'indossarli si ripresenterebbe nel momento in cui, durante la giornata, devesse capitarmi l'esigenza di andare in bagno.

Scartati i jeans passo ad un più comodo pantalone della tuta, di conseguenza, sono costretto a rinunciare anche alla camicia che comunque, con il busto che mi limita i movimenti, non è meno complicata da indossare. Opto per una "elegantissima" polo bianca. Sarà la prima volta che mi presenterò ad un matrimonio vestito così male, sempre se riuscirò ad andarci, penso. Ma per una volta l'aspetto esteriore non mi preoccupa.

Livello superato

Livello due: salire in macchina
Non posso pensare di andarmene da qui spingendo la carrozzina per cui, assieme alla terapista occupazionale, abbiamo fatto realizzare una apposita tavoletta di legno utile per facilitarmi il compito di salire in macchina. Una volta infilata sotto una gamba e posizionata tra carrozzina e sedile farà da ponte su cui far scorrere il mio sedere.

Mio fratello Leonardo si presenta in ospedale per fare le prove e parcheggia la macchina prestando attenzione a lasciare abbondante spazio dal lato del passeggero. La terapista mi si avvicina e porgendomi la tavoletta mi dice con un leggero tono di sfida: «vediamo come te la cavi».

Con un sorriso compiaciuto afferro la tavoletta, mi avvicino alla macchina, la posiziono tra la carrozzina e il sedile e mi assicuro che sia ben salda. Poi, con pazienza, aggrappandomi alla maniglia posta sopra al finestrino per aiutarmi, inizio a scivolare fino a raggiungere il sedile, come se fosse una sorta di scivolo. Una volta seduto sfilo la tavoletta e afferrate le gambe di peso le tiro dentro l'abitacolo. Quando mi giro verso di lei la vedo incredula con un bel sorriso che le riempie il volto.

«Io che cosa ci sto a fare qui se sei già capace?» mi dice ridendo.

Rientrando in reparto mi chiede come mai sapessi fare il trasferimento se nessuno me lo aveva mai spiegato prima.

«Ogni weekend osservo i ragazzi che possono uscire in permesso salire e scendere dalla macchina. Li ho spiati segretamente per settimane, perché sapevo che prima o poi mi sarebbe tornato utile e non potevo aspettare che qualcuno me lo insegnasse».

Livello superato

Livello tre: imparare a fare i trasferimenti

«Cosa c'entra saper fare un trasferimento sul letto con l'uscire in permesso per andare ad un matrimonio?», chiedo stupito a Martina, la mia fisioterapista, mentre entriamo in camera.

«Se-se-se vuoi te lo-lo-lo spiego io» interviene Giulio dal suo letto con fare malizioso. «Ho-ho-ho una certa e-e-e-esperienza con le fe-fe-ste e i ma-ma-trimoni» prosegue poi con dei gesti palesemente volgari.

«Sentiamo un po'…» lo sfida Martina che per la seconda volta si trova a fronteggiare la sfacciataggine del mio compagno di stanza.

«Ai ma-ma-matrimoni c'è sempre qua-qua-qualche bella invitata che-che-che beve un po'- po' più del dovuto».

A queste parole Martina tira la tenda e ci concentriamo sull'esercizio da fare. Secondo la sua esperienza i dottori non possono autorizzare un'uscita senza tener conto che potrebbero verificarsi degli imprevisti. Potrei avere dei giramenti di testa o dolori alla schiena da costringermi a distendermi. Meglio sapere bene come fare per non incorrere in situazioni spiacevoli.

Mi sento come davanti al mostro finale dell'ultimo livello, se non passo questa prova sarà stato tutto vano.

Con determinazione mi concentro e le dico: «proviamoci».

Livello superato

«Dottoressa ho fatto tutto quello che mi ha chiesto di fare», le dico con impazienza vedendola entrare.

È venerdì e non mi è ancora stato accordato il permesso di uscire

«Non ti arrendi proprio mai» mi dice con un eloquente sorriso che non ha bisogno di interpretazioni.

Capisco che ce l'ho fatta, andrò al matrimonio!

Fine del Gioco - Hai vinto!

21

Sul piazzale dell'ospedale sono in attesa dell'arrivo di Leonardo. Sono in anticipo rispetto alle dieci, l'orario in cui è fissato l'appuntamento, ma non stavo più nella pelle e sono dovuto scendere per alleggerire la tensione dell'attesa. Nonostante sia fine settembre fa caldo e complice la bella giornata, come tutte le domeniche, c'è un intenso via vai di macchine di amici e parenti che vengono a far visita ai loro cari.

Scorgo mio fratello avvicinarsi a velocità ridotta lungo il vialetto d'ingresso. Lo saluto andandogli incontro.

Prima di uscire ci sono ancora i moduli del permesso da firmare dopodiché avrò cinque ore esatte per fare la mia comparsa alla festa e tornare indietro. Mi sento addosso quella strana euforia mista a preoccupazione di non farcela come Cenerentola, costretta a scappare dal ballo prima di mezzanotte per non vedere trasformare la bella carrozza in una zucca.

Per salire in macchina impiego una manciata di minuti ma la cosa non mi pesa particolarmente spinto dall'impazienza di vedere finalmente il mondo fuori da qui.

Pur non avendo né tempo né voglia di rattristarmi, per un fugace istante i ricordi tornano al passato, a quando questa operazione durava al massimo una decina di secondi e la compivo anche decine di volte al giorno. Se nella mia nuova vita dovrò farlo così spesso rischierò di dedicare a questa operazione la maggior parte delle mie giornate, penso con rammarico.

Anche l'operazione di carico della carrozzina sembra essere più laboriosa del previsto. Incuriosito dai rumori metallici che sento provenire da dietro alla macchina, sbircio dallo specchietto retrovisore e vedo Leonardo affannato e già sudato che cerca di incastrare la carrozzina dentro al bagagliaio con la stessa delicatezza con cui quotidianamente carica matasse di cavi elettrici all'interno del furgone prima di andare al lavoro.

Quando finalmente riesce in qualche modo a chiudere il portellone, siamo pronti a partire. Lo guardo tutto sudato e penso che anche per lui sarà solo questione di tempo.

Varcare il cancello dell'ospedale mi provoca un'eccitazione strana. La gioia si mescola a uno smarrimento misto a paura. Per fortuna non sento le gambe, altrimenti credo davvero che in questo momento tremerebbero come foglie.

Sento il telefono suonare e abbassando il volume dell'autoradio sintonizzato su Radio Deejay, rispondo. «Pronto? Ciao Stefi. Sì, stiamo arrivando». Per alleggerire la tensione chiacchiero un po' nervosamente con lei. Le chiedo se amici e sposi sospettino del mio arrivo e pianifichiamo gli ultimi dettagli per il mio ingresso a sorpresa.

Il matrimonio si svolgerà all'interno di una villa storica in un'area collinare all'interno di un parco naturale caratterizzato da una serie di piccoli colli di origine vulcanica le cui pareti sono ricoperte principalmente da vigneti. Un'oasi verde, patria dei ciclisti e degli amanti del trekking.

Fiancheggiamo un lungo muro di cinta al termine del quale, sopra una piccola collina, scorgiamo la villa. Leonardo rallenta guardandosi intorno in cerca di Stefania che, poco più avanti, all'ombra di un albero si gode un po' di refrigerio. Indossa un elegantissimo abito blu lungo fino alla caviglia con un leggero spacco che lascia intravedere un po' la gamba e delle décolleté nere dal tacco alto. Non ricordo d'averla mai vista così elegante prima d'ora, ma d'altronde questa è una di quelle occasioni speciali in cui si mostra in tutta la sua femminilità.

«Ho parlato con i responsabili della villa», ci dice Stefania dopo essersi avvicinata, «possiamo parcheggiare direttamente dentro così ci evitiamo un bel po' di fatica».

«Ottimo», dice lui, «sali in macchina e facci strada».

La salita che conduce all'ingresso si rivela breve da percorrere – ben diverso sarebbe stato affrontarla spingendo la carrozzina – e attraversato un vecchio cancello ci fermiamo in mezzo a un piccolo piazzale ricoperto di ghiaia e delimitato da imponenti mura di pietra.

Come previsto, le operazioni di scarico della carrozzina risultano poco agevoli come quelle di carico. Questa volta con la complicità di Stefania che, con il suo fare vivace e volenteroso, cerca inutilmente di aiutare Leonardo, finendo solo per creare più confusione.

«E adesso?», chiedo guardandomi intorno dopo aver terminato il trasferimento per uscire dall'auto. La carrozzina sotto il mio peso ha fatto un leggero solco nella ghiaia, tanto da impedirmi di muovermi nonostante i miei ripetuti sforzi nello spingere le ruote. Leonardo che ha compreso il problema afferra le maniglie alle mie spalle e di forza mi tira all'indietro togliendomi dall'impasse, poi, girandomi di centottanta gradi, inizia vigorosamente a spingermi in direzione del parco.

Comprendo subito che imprimere troppa forza per vincere l'attrito dei sassi non è la soluzione più corretta, tanto che la carrozzina improvvisamente si impunta con le piccole ruotine anteriori e dal contraccolpo vengo sbalzato in avanti. Leonardo con un colpo di riflessi riesce ad afferrarmi per la spalla, rallentando la spinta in avanti ed evitandomi così una rovinosa caduta.

«C'è mancato poco», dico spaventato.

«Mi hai fatto prendere un colpo!», fa eco Stefania alle mie spalle che ha osservato tutta la scena. «Ma se ti può consolare io sono appena rimasta senza una scarpa. Il tacco mi si è incastrato nel ghiaino», e scoppia a ridere come il suo solito.

Leonardo, da persona pratica qual è, prova subito a tirarmi all'indietro. Questa volta ce la fa.

Superato il parcheggio costeggiamo il muro della villa su un marciapiede di pietra, largo giusto quanto la mia carrozzina, fino all'ingresso laterale che porta alla barchessa e al giardino di fronte. L'edificio presenta uno spazioso portico, sorretto da una serie di imponenti colonne, sotto il quale sono stati allestiti e preparati con cura ed eleganza i tavoli per il banchetto. Il bianco è il colore dominate con dei punti di colore floreale sopra ciascun tavolo. Il giardino non è molto grande, ma a guardarlo suscita un'idea concreta di spazio e libertà grazie all'ampia visuale aperta sulle colline che dà quasi la sensazione di infinito.

La cerimonia è finita ed è il momento delle foto, gli sposi sono impegnati e nessuno si accorge del mio arrivo, fino a quando il DJ, ad un segno di Stefania, fa partire a tutto volume la canzone "Gli anni" degli 883.

E mentre Max Pezzali canta *"…gli anni delle immense compagnie…gli anni del "tranquillo siam qui no-o-oi""* faccio il mio epico ingresso alla festa.

«Valerio?», dice Anna in un abito di pizzo bianco che lascia scoperte le spalle, impreziosito da un lungo strascico. «Cosa ci fai qui?»

Per un attimo si guarda intorno stupita cercando di capire se anche gli altri fossero all'oscuro di tutto.

«Sorpresa!», urla Stefania applaudendo in maniera fragorosa e saltellando come una bambina.

Molti sgranano gli occhi e riesco a cogliere in alcuni di loro lacrime di commozione.

Ci vuole poco perché tutti si mettano ad applaudire per rendermi omaggio aprendosi in una sorta di viale per lasciarmi passare.

«Auguri ragazzi. Volevo farvi una sorpresa», dico mentre bacio la sposa e stringo vigorosamente le mani a Matteo vestito in un elegantissimo smoking nero.

«Ci sei riuscito», risponde lei commossa, raccontandomi poi brevemente lo svolgimento della cerimonia e l'emozione che ha vissuto. Sento anch'io la commozione farsi spazio e mi ritrovo ad essere sinceramente felice per loro e per questo giorno che si prospetta magnifico.

Il fotografo invita tutti ad avvicinarsi e a mettersi intorno a me per scattare una bella foto di gruppo. Alle nostre spalle un piccolo terrapieno permette di ammirare le verdi colline in tutta la loro bellezza sfumate dai primi riflessi gialli e arancio di inizio autunno. Finite le foto di rito e dopo aver salutato uno per uno tutti gli amici, a cui ancora non sembra vero di avermi qui, rimango da solo per alcuni istanti a godermi il paesaggio.

Scruto l'orizzonte, e la camera d'ospedale mi sembra già un ricordo lontano. Anche se sono seduto su una carrozzina mi sembra di percepire la piacevole sensazione dell'erba morbida sotto i piedi.

Tutti gli invitati si sono già diretti al buffet, capeggiati da Alessio, che quando si tratta di ingurgitare cibo non ha davvero rivali. Seduti al tavolo la festa prosegue come se il tempo non si fosse mai fermato.

Eppure in questi mesi di cose ne sono successe talmente tante che faccio fatica a ricordarle tutte, o forse semplicemente preferisco lasciare tutto fuori dai confini di questa meravigliosa villa e godere del tempo che mi viene dato a disposizione.

«Cosa ti porto dal buffet?», mi chiede Stefania dirigendosi verso il grande tavolo imbandito e gremito di invitati. Con un gesto della mano le faccio segno che per me va bene qualsiasi cosa, è tutto talmente invitante che c'è l'imbarazzo della scelta.

«Semmai quello che è rimasto dopo il passaggio di Alessio», prosegue poi con laconico sarcasmo osservandolo con la bocca piena di tartine e il piatto stracolmo di cibo da sfamare l'intero tavolo.

«Non è colpa mia se ho sempre fame», si difende lui.

Il clima è sereno e tra i miei amici mi sento come a casa.

Dopo l'aperitivo e l'antipasto di benvenuto si susseguono le portate. Ed è davvero un'esplosione di gusti, abituato come sono ai piatti sciatti e insapore dell'ospedale. Risotto ai funghi porcini, pappardelle fatte in casa con ragù d'anatra, arrosto di vitello, tagliata di manzo, contorni e tanto, tantissimo vino ad accompagnare il tutto. Vino che per ora mi limito a versare nei bicchieri dei miei amici.

Al termine del pranzo, dal microfono, il DJ invita tutti a ballare al centro della barchessa.

«Balliamo?», chiede Stefania investendomi con una folata d'alito che sa di vino.

«Sei ubriaca?», le chiedo ridendo.

«No, Vale», mi dice alzandosi di scatto per mostrarmi di non aver bevuto tanto. Ma si deve aggrappare alla mia carrozzina per non perdere l'equilibrio e finire gambe all'aria. «Forse un pochino», esclama ridendo sotto lo sguardo divertito di tutti i componenti della tavolata che peraltro non sono meno allegri di lei.

«Dai, balliamo», le dico convinto cercando di farmi spazio verso la pista.

Non so assolutamente come si possa ballare seduto su una sedia con le ruote, ma ero un pessimo ballerino anche prima, pertanto non potrò di certo fare peggio di quanto i miei amici non mi abbiano già visto fare nelle lunghe serate in discoteca. Belli brilli come sono, anche loro sembrano un po' impacciati e rallentati nei movimenti. Io invece il vino non l'ho nemmeno toccato, perché temo possa avere effetti collaterali con le medicine che prendo, ma soprattutto perché voglio essere lucido e ricordarmi ogni istante di questa giornata. E poi non serve il vino per rendermi euforico e spigliato, mi basta stare qui, in mezzo a loro. Oggi sono loro, i miei amici, la mia droga.

Nell'euforia del momento, mentre mi muovo a destra e sinistra agendo sulle ruote della carrozzina in una sorta di ballo tutto mio, mi ritrovo di fronte la madre di Anna, che conosco da quando sono bambino. Nel vedermi così allegro e spensierato le si riempiono gli occhi di lacrime. Sono certo da come mi guarda che quanto mi è successo l'ha addolorata come se fosse successo a sua figlia.

Le prendo dolcemente le mani e comincio a dondolarle a destra e sinistra come fanno i bambini piccoli. È l'unico modo che al momento ho trovato per improvvisare un ballo di coppia.

Sono tornato un bambino, incapace di fare moltissime cose, talvolta anche di soddisfare i miei bisogni primari. Un po' alla volta sto comprendendo che se voglio accettare tutto questo e vivere bene e divertirmi come sto facendo ora devo tornare anche a pensare con quella spensieratezza tipica del bambino.

In realtà sono pensieri quasi irrazionali che stridono con la ragione, che mi dice che io tutto questo non lo voglio accettare, ma per oggi va bene così. Mi accontento dei piccoli gesti, mi godo la vicinanza delle persone care e mi disinteresso del giudizio delle persone perché so che agli occhi di chi mi osserva oggi non sono un disabile, ma semplicemente Valerio.

22

Tra poco tornerò a casa. Domenica scorsa non ce ne è stato il tempo, ma oggi, a distanza di sette giorni esatti dal matrimonio, potrò finalmente farlo. Non proprio casa mia, ma quella dei mei genitori, dove sono cresciuto. Questo periodo lontano da casa sta durando ormai da molto tempo.

Mentre attendo l'arrivo di mio padre, mi torna in mente che il viaggio più lungo che ho fatto finora è durato tre mesi. Si trattava di una trasferta di lavoro in Cile, di certo non paragonabile a una degenza, ma ricordo che non era stata comunque semplice e in fin dei conti mi aveva tenuto lontano da casa per un bel po' di tempo.

Laureato a pieni voti in ingegneria elettrotecnica ero stato assunto da un'azienda operante nel settore dell'energia. Nemmeno il tempo di ambientarmi che, con un contratto da stagista in mano, mi chiesero di accompagnare due colleghi in Sud America per terminare e collaudare gli impianti di una piccola centrale idroelettrica sperduta in mezzo alle Ande. Pensai subito che sarebbe stata una figata e che quello era proprio il lavoro adatto per me. A ventiquattro anni avere la possibilità di girare e visitare il mondo ed essere persino pagato per farlo mi sembrava una grande fortuna. Intravedevo l'inizio di una promettente carriera e non mi sembrava vero. Ricordo di aver accettato senza nemmeno chiedere cosa avrei dovuto fare, senza pattuire compensi e senza sapere per quanto tempo sarei dovuto stare in trasferta.

Ma dopo tre mesi di lavoro sfiancante, sette giorni su sette - un lavoraccio - l'idea di ritornare a casa fu davvero un pensiero dolce e rassicurante. Oggi rivivo esattamente lo stesso stato d'animo d'allora quando erano migliaia i chilometri che mi dividevano da casa.

«Ehi, sei pronto?», dice mio padre entrando in reparto e attirando la mia attenzione.

«A dire il vero è almeno mezz'ora che ti aspetto», gli dico indicando l'orologio appeso al muro del corridoio che segna già le undici. Sono un po' nervoso e voglio far presto per togliermi di dosso questa strana tensione che mi sta attanagliando.

Il viaggio con mio papà si sta rivelando più lungo del previsto e quasi imbarazzante. Seduto sul posto del passeggero mi sento stranamente a disagio. È tutto molto diverso rispetto a domenica scorsa, quando il tempo del viaggio sembrava volato, e tutti i miei pensieri erano focalizzati sul matrimonio. Ora ho tempo di pensare, di dare ascolto alle mie emozioni che sono dirompenti e allo stesso tempo contraddittorie.

Da un lato percepisco l'effetto dell'adrenalina per l'attesa di qualcosa che immagino bello e rassicurante. Rivedo le immagini di casa, rivivo il conforto che emana un posto conosciuto, accogliente, pregusto già il succulento pranzo che mia madre avrà di certo preparato per l'evento.

Dall'altro avverto un crescente disagio, che non

comprendo da cosa sia generato, ma che viene amplificato dallo stare scomodamente seduto sul sedile della macchina, vedere le gambe ballare a ogni curva e sbattere contro la portiera senza che io riesca a controllarle, se non tenendole ferme con le mani.

C'è una sorta di imbarazzo nel parlare e le ferite dell'anima sono così profonde che ogni parola potrebbe essere fraintesa o recare dolore. E credo che mio padre, che di solito non si trattiene mai dal parlare, chiuso in un insolito mutismo, stia vivendo emozioni analoghe.

Affrontiamo così – in un silenzio rotto dal sottofondo della radio – il breve ma interminabile tragitto verso casa.

«Siamo arrivati!», dice mio padre in tono forzatamente allegro fermandosi davanti al cancello di casa e agendo sul telecomando per aprirlo.

«Lo vedo…», gli rispondo freddamente, non riuscendo a capire cosa mi stia accadendo davvero. Immaginavo sarei stato felicissimo ed euforico di tornare a casa. Invece la sensazione che provo ora è completamente differente.

Attratti dal rumore familiare della macchina i due cagnolini di piccola taglia di mia madre a cui sono affezionato, ci vengono incontro scodinzolando e facendoci le feste.

«Buoni, buoni», dico loro dopo aver aperto la portiera che impazienti stanno grattando con le unghie per richiamare la mia attenzione mentre attendo che mio padre scarichi e rimonti la carrozzina. In equilibrio sulle zampe posteriori rimangono in attesa di ricevere le mie coccole.

Pronto per avviarmi lungo il vialetto che porta

all'ingresso, il più grande dei due fa un balzo e si posiziona comodamente sulle mie gambe iniziando a leccarmi il viso.

«Smettila», gli dico come se potesse comprendermi.

Ovviamente ignora completamente il mio invito e sono costretto, dopo averlo accarezzato un po', a spingerlo giù per poter entrare in casa.

L'affetto dei cani mi mette di buonumore. Per loro sembra non essere cambiato nulla. Che io sappia o meno camminare sembra essere del tutto superfluo. L'importante è la mia presenza e le coccole che riservo loro. A guardar bene sembra abbiano già imparato come approfittare del vantaggio di potersene stare tranquillamente seduti tutto il tempo sulle mie gambe a farsi accarezzare.

«Entra da questa parte», dice mia madre che mi aspetta vicino all'ampia vetrata scorrevole della cucina.

Quello è l'ingresso riservato agli ospiti, non quello che usiamo abitualmente noi di famiglia, e che presenta un gradino. Non ci avevo pensato e per un attimo mi sento smarrito, un estraneo a casa mia.

Ma entrando vengo subito rapito da altri pensieri.

«Senti che buon profumino», dico.

«Pasticcio di carne, come piace a voi», dice mia madre rivolta a Leonardo, e alla sua ragazza che sono già seduti a tavola.

Istintivamente guardo l'orologio appeso alla parete sopra la televisione e mi accorgo che è già mezzogiorno e mezzo. Il profumino, l'orario e la bella giornata mi hanno fatto venire una certa fame.

«Il mio posto qual è?», chiedo guardando la tavola.

«Qui», dice mia madre indicandomi il posto a capo

tavola privo della sedia, «lo abbiamo tenuto libero per te».

Avrei dovuto arrivarci da solo, effettivamente, ma il mio posto era sempre stato un altro, e nonostante sia ben consapevole della mia nuova condizione questo cambiamento mi lascia per la seconda volta una sorta di amaro in bocca.

«Va bene», dico tradendo un po' di disappunto, «prima però dovrei lavarmi le mani».

«A questo non avevo pensato», dice lei mentre è indaffarata a pulire le verdure. Interrompendo il suo lavoro si volta a guardarmi, asciugandosi le mani sul canovaccio che porta legato in vita, e indicandomi il lavandino della cucina che però per me è inaccessibile perché posizionato proprio in un angolo.

«Ti porto di là», interviene mio padre. Quindi mi afferra per le manopole dello schienale e mi spinge attraverso lo stretto corridoio che porta al bagno di servizio. Ma entrare in bagno è un'operazione complicata, per cui opta per la soluzione più semplice: infilarsi nella porta della lavanderia.

Tuttavia nessuno di noi ha preso ancora bene le misure, e con la pedana per i piedi sbattiamo rumorosamente contro la cornice della porta.

«Attenti alle porte!», strilla mia madre alle nostre spalle che ci stava seguendo per controllare che non scalfissimo i muri o, per l'appunto, sbattessimo sulle porte.

«Cosa sarà mai?», tuona irritato mio padre alzando le mani in modo plateale.

«Poi si vedono tutte le ammaccature», risponde lei che ha un'attenzione maniacale per la casa.

«Vorrà dire che quando saranno rovinate le cambieremo», controbatte piccato mio padre. Ancora una volta, sono mio malgrado causa dei loro battibecchi.

«Dai, non mi sembra il caso di litigare per queste cose», cerco di smorzare i toni.

Anche per loro è difficile accettare questa situazione. È la prima volta che loro figlio, in carrozzina, si muove dentro casa e in cuor mio mi sento in colpa per essere responsabile di questa situazione.

«Come devo posizionarti?», chiede mio padre impacciato davanti al lavello incassato nel mobile e sotto al quale non posso infilare le gambe.

«Posizionami di lato, per cortesia, e passami il barattolo del sapone».

Così, tutto storto, allungandomi quanto più possibile per arrivare al rubinetto cerco di lavarmi le mani. Questa volta nel tornare in cucina prestiamo la massima attenzione e riusciamo nell'impresa senza provocare ulteriori danni.

Finalmente si mangia.

Pur pieno di appetito e desideroso di deliziarmi con il pasticcio di mia madre, percepisco nell'aria molta più tensione di quanto non mi fossi aspettato.

Il cibo è delizioso. Il pasticcio è realizzato da quattro strati pieni di ragù e besciamella, ricoperto da una croccante crosticina di formaggio Grana. Leonardo ed io ne andiamo ghiotti sin da quando eravamo bambini. Ricordo che mentre lo preparava raccoglievamo il ragù avanzato nella pentola e ci farcivamo dei panini. Come secondo c'è l'arrosto con i piselli e per finire l'immancabile tiramisù. Anche di quello ho ricordi piacevoli di noi due che ci leccavamo le dita piene del mascarpone avanzato nella terrina.

Faccio il bis di tutto nonostante non sia più abituato a mangiare così tanto.

A fine pranzo sono oltremodo sazio e penso con rammarico che mi ci vorrebbe una bella passeggiata per aiutarmi a digerire.

«Chi vuole caffè?», chiede mia madre alzandosi in piedi e liberando la tavola dai piatti sporchi. Alziamo tutti e quattro la mano, così mia madre si appresta a riempire la moca.

«Ti aiuto a prendere le tazzine», dico per rendermi utile, muovendomi nella direzione del mobile dove ricordavo le avesse sempre tenute. Una volta avvicinato alla portella provo ad aprirla, ma in modo maldestro la faccio sbattere contro la carrozzina.

Cerco di arretrare un po' dal mobile ma mi accorgo di essermi allontanato troppo e sporgendomi in avanti non riesco più ad afferrare bene la maniglia della porta per aprirla. Mia madre che mi sta osservando posa rapidamente la moca e viene in mio aiuto.

«Cosa stai cercando?», mi chiede spostandomi per farsi spazio e aprendo l'anta del mobile.

«Le tazzine per il caffè», rispondo un po' demoralizzato per la mia goffaggine.

«Non sono lì. Le tazzine sono sul pensile in alto. Non ci arrivi. Le prendo io. Torna pure al tuo posto», dice chiudendo la porta del mobile e aprendo quella del pensile.

Tornando al mio posto penso che questa cucina mi era sempre parsa enorme. Oggi invece gli spazi sembrano incredibilmente angusti, i mobili altissimi, le porte troppo strette per passare. Niente è uguale a come lo ricordavo e mi rendo conto che non c'è proprio nulla fatto a misura di disabile.

Sbuffo rumorosamente mentre mi ritrovo a guardare il giardino attraverso l'ampia vetrata, domandandomi se davvero questa è casa mia e, se per definirla tale, sia sufficiente che lo sia stata per una vita intera o se invece debba essere un posto accogliente a misura di chi ci vive. Se così fosse, penso con rammarico, questa non potrebbe più esserlo.

Driiiin. È il suono del campanello a richiamare la nostra attenzione.

«Chi sarà?», dice mio padre alzandosi in piedi e dirigendosi verso il citofono.

«Sono arrivati gli zii», dice mettendo giù la cornetta e aprendo il cancello del vialetto.

Sono molto affezionato agli zii, ma in questo momento non sono proprio dell'umore giusto per riceverli. Me ne andrei volentieri in salotto a distendermi sul divano per riposare la schiena che inizia a dolermi, ma capisco che abbiano voglia di vedermi. Sono le tre del pomeriggio e mi sento già stanchissimo. Comincia a farsi strada un pensiero che non avrei mai immaginato di provare: il desiderio di ritornare in ospedale prima del tempo.

Gli zii entrano nell'istante esatto in cui sentiamo nuovamente suonare al citofono. Mentre mio padre va a sentire chi è, mio fratello fa accomodare tutti recuperando le sedie per i nuovi arrivati. Fuori dal cancello c'è un'altra coppia di zii, tutti fratelli di mio papà. Siamo già in nove qui dentro, e la cucina comincia a popolarsi diventando sempre più stretta e rumorosa, mentre mia madre prepara altro caffè per gli ospiti.

Il tempo di accomodarsi e iniziano subito le domande di rito: "come stai?", "va un po' meglio?", "cosa ti hanno detto i dottori?". Rispondo senza molto entusiasmo, perché ormai sono sempre gli stessi interrogativi da settimane, e onestamente non so più cosa dire.

Nel giro di una mezz'ora riceviamo la visita di altre quattro persone.

Ormai, praticamente bloccato al mio posto, impossibilitato a muovermi sento mancare l'aria e ho la sensazione di soffocare. A forza di parlare della mia disabilità, del fatto che i dottori non mi diano certezze, della vita d'inferno che faccio in ospedale ho pure la sensazione di sentirmi male e di dover vomitare. La cucina è diventata invivibile. Invece di gioire del fatto che le persone a me più care si sono radunate tutte qui per me, ho solo voglia di scappare in ospedale a riposarmi un po'.

«Devo andare in bagno», dico cercando una scappatoia per riprendere fiato pensando di potermici rifugiare in cerca di tranquillità.

Mio padre scatta in piedi e sposta la sedia permettendomi di fare manovra, poi apre la porta che dà sul salotto e finalmente sono fuori. Mi dirigo verso il bagno e quando sto per richiudermi la porta alle spalle trovo i miei genitori sulla soglia pronti ad entrare con me.

«Adesso cosa c'è?», chiedo esausto.

«Se hai bisogno di aiuto…», dice mia madre lasciando la frase in sospeso.

«No, grazie. Ce la faccio da solo», dico stanco e

irritato, entrando nel piccolo bagno e cercando di chiudere la porta senza sbattermela addosso.

Nemmeno più l'intimità del bagno mi è concessa, penso. Oggi i miei genitori sono stati davvero bravi ad aiutarmi, ma in questo momento avrei tanto bisogno di sentirmi ancora capace di fare qualcosa da solo, fosse anche solo sedermi sulla tazza del water. Questa casa, nella quale prima di andarmene mi muovevo liberamente e che conosco a tal punto da poterla abitare anche a occhi chiusi, è diventata un luogo inospitale. Capace non solo di inghiottirmi e paralizzarmi, ma anche di ferirmi.

Dopo essermi concesso un po' di tempo per me con i miei genitori a origliare dalla porta per controllare che non mi succedesse nulla, rientro in cucina, dove cerco di sorridere a denti stretti aspettando le cinque per far rientro in ospedale.

Mentre sono in macchina con la testa posata sul finestrino guardo le goccioline di pioggia che iniziano a cadere da un cielo fattosi improvvisamente grigio.

Penso a quel luogo asettico e senza privacy che è la mia camera di reparto come a un porto sicuro nel quale tutto è a portata di mano, dove tutti vivono una condizione simile alla mia e ogni azione viene agevolata perché io possa farla da solo. Qui fuori invece tutto è rimasto a misura di chi può ancora camminare, tutto sembra più difficile del dovuto, tutto è diventato irraggiungibile, tutto mi dice che sono diventato io quello inadeguato. Persino la mia vecchia casa.

23

«Dolcetto o Scherzetto?», dico al medico di turno che incrocio lungo il corridoio mentre indosso una maschera da Frankenstein. Sono solo le otto di sera ed è la vigilia del mio trentunesimo compleanno, ma per tutti è semplicemente la notte di Halloween.

«Scherzetto», risponde lui con un sorrisino provocatorio che mi riporta a quella sera durante la quale, con lo stesso atteggiamento supponente, ha ripetutamente ignorato le mie richieste di aiuto. Non l'ho più incontrato da allora e benché io non sia uno che porta rancore non posso nemmeno dire che tra noi scorra buon sangue.

Non me lo faccio ripetere due volte e gli punto addosso la bottiglietta d'acqua che reggo tra le mani facendo finta di volerlo bagnare.

Vedendo la bottiglietta chiusa con il tappo mi si posiziona davanti con il petto in fuori e le mani sui fianchi con fare tronfio e ripete in tono di sfida: «scherzetto».

Premo con forza la bottiglietta e dal minuscolo foro – praticato sul tappo con l'ago di una siringa grazie alla complicità dell'infermiera di turno – esce un getto d'acqua che lo investe da capo a piedi. La sua faccia diventa paonazza e lo vedo balbettare cercando di rispondermi qualcosa senza riuscire a trovare le parole giuste.

«Dottore», dico con finta ingenuità, «le ho dato la possibilità di scegliere, e lei ha scelto scherzetto! Buon Halloween!»
Mi allontano lasciandolo lì a sbollire la rabbia.

Prima di incontrare il dottore avevo passato in rassegna tutte le stanze, paziente per paziente, con la mia bottiglietta, ripetendo a tutti la stessa filastrocca "dolcetto o scherzetto". Con stupore ho pure racimolato una manciata di caramelle e cioccolatini che ho riposto nel cassetto del comodino come un piccolo tesoro.

Con il mio travestimento improvvisato sono riuscito a strappare un sorriso a tutti quanti e, in particolar modo, ad Alice, una ragazzina di diciassette anni colpita da un ictus che le ha creato gravi problemi motori e ad oggi, le ha pregiudicato persino la capacità di parlare. Non so esattamente da quanto tempo sia qui. I cerebrolesi sono ricoverati nel nostro reparto, ma occupano le ultime stanze del corridoio, dal lato opposto alla sala mensa, per cui è raro che noi paraplegici ci spingiamo fino a lì in fondo. E poi ad essere sinceri è davvero complicato intrattenere rapporti e conversazioni con loro.

Alice però la trovo speciale e, se posso, talvolta mi fermo a conversare con lei. Riesce a comunicare tramite una tavola alfanumerica sulla quale indica con il dito una lettera alla volta e riesce a formare la parola che desidera.

Quando mi ha visto entrare ha alzato la mano destra in segno di saluto e in volto le è comparso una specie di ghigno, che ho imparato a interpretare come un bellissimo sorriso, mentre muoveva la testa su e giù per farmi capire quanto fosse felice.

«Ad Alice è piaciuta moltissimo la tua scenetta», mi ha detto suo padre dopo che sono uscito dalla loro stanza, «sei sempre molto carino con lei. E non ti preoccupare se a volte ti senti incompreso e se non tutti reagiscono allo stesso modo tuo a questo ambiente, ciascuno di noi ha i propri tempi e modi per affrontare il dolore e le sfide della vita e vanno rispettati tutti. Oggi hai potuto far vedere ai tuoi compagni che ci si può ugualmente divertire nonostante si stia vivendo una situazione difficile».

Mi sono sentito arrossire e quasi commuovere per le sue parole del tutto inaspettate.

Mentre gli operatori mi accompagnano a letto penso a come questi momenti di goliardia mi aiutino non solo a far passare il tempo ma a prendere con più leggerezza il clima teso e pesante che si vive costantemente qui dentro. E poi domani è il mio compleanno e come regalo potrò finalmente tornarmene a casa e per la prima volta, rimanerci per l'intero fine settimana.

Prima di addormentarmi penso a casa mia, e ai miei genitori che avranno sicuramente stravolto il salotto al piano terra per farci stare il mio letto.

È soltanto una soluzione momentanea, ma prima o poi dovremo affrontare seriamente l'argomento per un mio definitivo rientro a casa.

24

Dalla saletta relax giunge il brusio di chi, non potendo uscire in permesso, è solito passare il tempo guardando la televisione e chiacchierando delle proprie disgrazie.

Un piccolo gruppetto di pazienti in carrozzina è disposto a semicerchio di fronte alla televisione che, sintonizzata su Rai 1, sta trasmettendo la diretta dal Vaticano. Dal monitor si vede Papa Francesco che sta ricevendo presso la sala Nervi gli atleti del movimento paralimpico.

Il Papa, in piedi sopra al palco, sta parlando a tutti loro: "la vostra testimonianza, cari atleti, è un grande segno di speranza. È una prova del fatto che in ogni persona ci sono potenzialità che a volte non immaginiamo".

«Fa presto a parlare, lui» esclama Maria rompendo il religioso silenzio nel quale eravamo immersi per ascoltare con attenzione le parole del pontefice. «Guarda come sono giovani quei ragazzi in prima fila, beati loro. Io invece sono vecchia e non ho più le forze per affrontare tutto questo» prosegue nel suo caratteristico modo lamentoso che abbiamo imparato a conoscere, sovrastando le parole che giungono dalla televisione.

Maria ha circa sessant'anni e si trova qui perché è caduta da un balcone del secondo piano mentre cercava di pulire le finestre del suo appartamento. È riuscita miracolosamente a salvarsi, ma la frattura subìta alla colonna vertebrale la costringe come tutti noi a rimanere seduta su una sedia a rotelle.

Nonostante questa mattina io sia di ottimo umore, le sue considerazioni su chi tra noi sia il più fortunato hanno la capacità di innervosirmi. «Cosa intendi dire?» le chiedo con fare brusco.

«Che per voi giovani è più facile stare seduti su questa carrozzina. Voi avete ancora molta energia, queste cose non dovrebbero succedere alle persone vecchie come me».

A sentirla parlare sembra sempre che lei stia peggio di tutti, che nessuno possa capire cosa stia provando e che solo lei stia davvero soffrendo. Ma io di compatirla oggi proprio non ci riesco e sento montare una rabbia che faccio fatica a contenere.

«Quindi stai dicendo che è meglio che gli incidenti li subiscano le persone giovani?» le dico mentre nervosamente mi sistemo sulla carrozzina come se sotto il mio sedere stesse ardendo del fuoco. «Hai mai pensato che tu hai trascorso una vita camminando e facendo quello che hai voluto, mentre noi saremo costretti a trascorrerne oltre la metà della nostra seduti qui sopra?»

La nostra discussione catalizza l'attenzione di tutti e gli sguardi ora sono rivolti verso Maria.

«Non volevo dire questo…» balbetta in modo confuso.

Nel frattempo il Papa ha terminato il suo discorso e sul palco una ballerina senza braccia vestita di bianco volteggia con eleganza spinta dal ritmo di una musica soave. Rimango affascinato a guardarla e per un attimo mi dimentico di Maria, mentre tra di noi cala di nuovo un silenzio carico di emozione.

Forse quella ragazza è più fortunata di noi perché nascendo con una disabilità è da sempre abituata a conviverci? mi verrebbe da chiedere a Maria in tono provocatorio, ma l'esibizione e il sorriso di quella ragazza mi regalano una serenità che allontana ogni sterile polemica.

Quella ballerina è raggiante, il sorriso sincero e gli occhi profondi sembrano bucare lo schermo per arrivare fino a qui e chiedermi: "Valerio *cosa ti manca per essere felice?*"

«Dovremmo imparare da quella ballerina come si fa a volare così in alto, invece di starcene qui ancorati su queste sedie a piangerci addosso» dico con la voce un po' rotta dall'emozione, mentre mi avvio lungo il corridoio per raggiungere Stefania che per l'occasione è venuta a prendermi e mi attende all'ingresso.

Ho chiesto a Stefania se prima di rientrare a casa per il pranzo poteva accompagnarmi in parrocchia per la messa domenicale. L'idea di tornarci è emozionante. Nell'entrare in chiesa, e incontrare così tante persone amiche tutte insieme, mi commuovo. In fin dei conti sono quasi una seconda famiglia per me. Prima del ricovero la messa della domenica era un appuntamento abituale.

Tutti mi guardano con sorpresa e pieni di gioia. Manca poco all'inizio della celebrazione e il silenzio lascia il posto al brusio dei presenti che si danno colpetti l'un l'altro per avvisare della mia presenza. Qualcuno si alza e mi viene incontro, ma i più mi salutano silenziosamente da un banco all'altro agitando la mano per dimostrarmi affetto e amicizia. Molti di loro sono venuti più volte a farmi visita in ospedale, ma per altrettanti è il primo incontro dopo l'incidente.

In attesa che don Claudio esca dalla sagrestia trovo posto lungo un corridoio laterale.

«Perché sei seduto su quella carrozzina? Non riesci a camminare?», mi chiede un bambino di cinque o sei anni seduto sulla panca a fianco della quale mi sono posizionato.

Cosa posso rispondergli? Cosa può capire lui di lesione midollare e del fatto che le gambe non si muovono per colpa di un problema alla schiena?

«Mi sono fatto male alle gambe e non riesco più a muoverle» gli dico sorridendo.

È la miglior risposta che sono riuscito a trovare.

«Ma non sai fare nemmeno questo?», mi chiede con il tono ingenuo dei bambini, alzando e abbassando la gamba per farmi vedere. «Se vuoi te lo ri-insegno io come si fa».

Al suo fianco la madre, con gli occhi commossi, gli sussurra qualcosa all'orecchio. Il bambino smette di farmi domande, poi lei, rivolgendosi a me, si scusa per l'insistenza del figlio. Ma la cosa non mi ha dato fastidio e con un sorriso sincero la tranquillizzo.

L'innocenza e la spontaneità con cui i bambini affrontano la vita sono disarmanti. Il loro sguardo pieno di curiosità e le loro domande sincere e senza filtri non possono ferire. Sono piuttosto gli sguardi fugaci e pieni di giudizio degli adulti che fanno male, gli stessi che a volte si girano dall'altra parte per non vedere, o allontanano il proprio figlio dalla mia carrozzina per non dover rispondere alle loro domande. Domande alle quali loro stessi non hanno ancora trovato risposte.

La celebrazione inizia e ben presto mi faccio coinvolgere dalle letture e dai canti entrando in un profondo stato di preghiera che sembra per un po' strapparmi alla realtà proiettandomi in un'altra dimensione.

Il Vangelo racconta di come Gesù guarì dei paraplegici che avevano avuto fede in lui. Non poteva capitare lettura più significativa. Ho l'impressione che il brano sia stato scritto per me duemila anni fa. Solo quando inizia l'omelia don Claudio si accorge di me e interrompendo il suo monologo mi chiama a gran voce, poi mi viene incontro a braccia aperte per abbracciarmi, a dimostrazione dell'amore che si respira tra le mura della mia parrocchia.

Al termine della messa, dopo aver salutato e abbracciato tutti uno ad uno, e aver rassicurato più volte che sto bene, con Stefania andiamo verso la macchina per tornare a casa. Di fronte a me si staglia alto come una muraglia il piccolo gradino che dà sul sagrato della chiesa. Finalmente tornano buone tutte le ore passate ad esercitarmi in ospedale affrontando salite, discese e ostacoli di ogni genere, penso tra me. Quindi, per vantarmi un po' delle mie abilità, presa la necessaria rincorsa, mi fiondo a gran velocità verso la barriera architettonica. Sulla carta tutto facile, solo che questa volta sbaglio completamente e la carrozzina si ribalta violentemente in avanti senza che io possa più fare nulla per arginarla, e di conseguenza, mi ritrovo disteso per terra a braccia aperte e faccia all'ingiù.

Stefania comincia a urlare come una pazza e corre via scomparendo dietro all'angolo della chiesa, lasciandomi lì in balia di me stesso. Per fortuna non mi sono fatto nulla e ripensando al mio amico Stefano riverso a pancia in su come una tartaruga scoppio a ridere.

«È caduto! È caduto!» sento sbraitare poco dopo, mentre il suono della voce di Stefania si fa sempre più vicino.

«Come è caduto?» dice preoccupata una voce maschile al suo fianco.

La vedo sbucare da dietro al campanile con un amico e seguendo le mie indicazioni mi aiutano a rimettermi seduto. Quando alzo la testa e guardo Stefania mi rendo conto di quanta paura abbia preso e scoppio nuovamente a ridere nel vedere l'immagine di terrore che ha ancora stampata sul viso.

In macchina chiedo a Stefania di non raccontare a nessuno quanto è successo, nemmeno ai miei genitori. Non ho paura di essere rimproverato, né tantomeno di essere preso in giro. Mi rincrescerebbe piuttosto dargli ancora inutili preoccupazioni. Ne hanno già tante da affrontare e temo che per proteggermi potrebbero volermi seguire ovunque come un'ombra, come hanno fatto quando sono andato in bagno la prima volta. E onestamente non ne ho proprio voglia.

25

Per festeggiare il mio compleanno i miei amici hanno organizzato un'uscita collettiva al cinema. È freddo, e per me stare fuori all'aperto a bere e chiacchierare è impossibile. Con l'arrivo dell'inverno sto scoprendo come a causa della cattiva circolazione le mie gambe siano costantemente congelate. Per quanto ci provi mi ci vogliono ore per scaldarle dopo essere stato per un po' all'aperto. Sto provando anche a indossare calzini e scarpe felpate, ma con esiti deludenti. Meglio, perciò, optare per soluzioni all'interno.

In macchina con Massimiliano, Laura e Stefania, ci dirigiamo verso l'appuntamento, fissato per le sei al parcheggio davanti al Multisala. Al termine del film passeremo tutti a casa dei miei genitori per mangiare il celebre tiramisù di mia madre.

Stefania scarica la carrozzina dalla macchina – operazione che nonostante la goffaggine ormai ha imparato a fare con una certa disinvoltura – e anziché portarmela ci si siede. E inizia a spingersi a gran velocità tra le macchine del parcheggio.

«Cosa stai facendo?» dice esasperata Laura a Stefania in piedi fuori dalla macchina.

Laura è un'altra amica della compagnia, dal carattere opposto a quello di Stefania; anche lei in questi mesi è venuta spesso a trovarmi in ospedale. Molto precisa, dai modi raffinati, mai spettinata o in disordine. Ha uno stile molto "*british*", e per questo ci divertiamo a salutarla dondolando leggermente la mano, nel tipico gesto ossequioso della regina Elisabetta.

«Dai, lascia che si diverta» le dico cercando di tranquillizzarla, mentre la vedo indispettirsi per l'atteggiamento di Stefania che dall'altro lato del parcheggio urla «è divertentissimo!»

«Come fa a comportarsi così e a dire queste cose? Non ha un po' di rispetto nei tuoi confronti?» dice rivolgendosi a me, che la guardo seduto in macchina sul sedile del passeggero mentre attendo che Stefania torni con la mia carrozzina così da poter fare il trasferimento e avviarci verso il cinema.

«Conosci Stefania, è fatta così, a me non dà fastidio e nemmeno mi sento offeso. Per lei in questo momento la carrozzina è un gioco e fa bene a viverla così». Nel vederla spingersi goffamente sulla mia sedia a rotelle tra le macchine del parcheggio non riesco a trattenere un sorriso.

«Vale! Guarda come vado forte!» urla verso di noi avvicinandosi alla nostra macchina, «anche senza mani!» e alza in modo vistoso e avventato entrambe le braccia verso il cielo.

«Attenta al gradi—» cerco di dire indicandole il marciapiede, ma non faccio a tempo a finire la frase che la vedo sbalzare fuori dalla sedia e ritrovarsi in men che non si dica distesa sull'asfalto proprio come era capitato questa mattina a ruoli invertiti.

Dopo qualche attimo di silenzio durante il quale Laura ed io tratteniamo il fiato in attesa di un suo cenno, la sentiamo scoppiare a ridere come una matta. Non c'è nulla da fare, è davvero incorreggibile.

«Dai, alzati da lì almeno e datti un po' di contegno» dice Laura seccata, recuperando la carrozzina e avvicinandomela.

«Non ci riesco» dice Stefania ridendo, ancora seduta per terra.

«Non crescerà mai» dice con tono lapidario Laura mentre Massimiliano – che finora aveva osservato in silenzio tutta la scena – si prodiga per aiutarla pur non riuscendo a sua volta a smettere di ridere.

Poco dopo incontriamo Anna e Matteo che ci salutano e ci vengono incontro.

«Avete fatto fatica a trovare parcheggio?» chiede lei mentre mi abbraccia e mi dà un bacio sulla guancia.

«Sì, abbiamo fatto molta fatica» dice con enfasi Laura alle mie spalle, «abbiamo dovuto litigare con un cretino». Il tono di Laura è ancora seccato nonostante il divertente episodio di Stefania e, appena Matteo chiede spiegazioni, non si trattiene e inizia a raccontare con enfasi lo spiacevole episodio che ci ha visto protagonisti pochi istanti prima del nostro arrivo.

«C'era un imbecille che voleva parcheggiare nel posto dei disabili pur non avendone diritto», tuona con fare agguerrito. «Vi rendete conto? Si può essere più incivili di così?»

«Non ci credo» dice Anna indignata, «c'è davvero gente così di merda in giro?»

Osservo le mie amiche animarsi nel raccontare l'episodio e trovo commovente come siano improvvisamente diventate paladine dei diritti dei disabili e dedichino tanta energia nel difendermi e far valere le mie ragioni. Non mi sento certo indifeso e nemmeno bisognoso di aiuto, ma è il loro personale modo di starmi vicino e io, apprezzandolo, le lascio fare.

«Arriviamo, e vediamo una macchina che proprio prima di noi si infila sul posto giallo con tanto di cartello "posto riservato ai disabili". Noi proseguiamo. Dopo aver fatto il giro del parcheggio vediamo scendere un tipo tutto fighetto assieme alla fidanzata. Entrambi camminavano benissimo, addirittura lei indossava décolleté tacco dodici» enfatizza Laura che di scarpe con il tacco se ne intende eccome.

«Be', Laura, tu almeno sarai andata a dirgli qualcosa spero» la incalza Anna, che non è meno peperina di Laura quando si tratta di far valere le proprie ragioni.

«Sai cosa mi ha risposto quel maleducato quando gli ho chiesto se per caso avesse notato che era su un posto riservato ai disabili e se avesse il contrassegno? Ha chiesto a me cosa me ne importasse e cosa mi venisse in tasca a far rispettare le regole», dice Laura adirata e ancora sconcertata dall'episodio. «Gli ho detto talmente tante parole che è tornato indietro con la testa bassa e ha spostato la macchina, quel cafone».

«Così si fa, Laura» si congratula Anna dandole un colpetto sulla spalla e aprendo l'ampia porta a vetri del cinema per farmi passare.

All'ingresso del Multisala c'è un bel po' di gente in coda per acquistare i biglietti e anche noi ci incolonniamo mentre decidiamo che film guardare.

«Cosa ti è successo?» dice Matteo mentre osserva con più attenzione Stefania una volta entrati nella luminosa sala di attesa.

«Perché?» chiede lei cadendo dalle nuvole e guardandosi dall'alto verso il basso.

«Hai un segno nero sul viso e del sangue sui

pantaloni».

«Che disastro» si mette a ridere, «vado un attimo in bagno».

«Ha fatto a pugni con il tipo del parcheggio?», chiede Anna ridendo.

«No, ha semplicemente fatto la scema» ribatte Laura che, in vena di chiacchierare, racconta tutta la scena facendoci di nuovo crepare dalle risate. Intanto procediamo lentamente in coda verso la biglietteria.

Arrivato il nostro turno la cassiera ci chiede che film vogliamo vedere e in quanti siamo.

All'unanimità abbiamo scelto il film di Checco Zalone. Massimiliano le spiega che siamo in sei di cui una persona in carrozzina. La ragazza sporgendosi un po' dal suo posto e guardandomi dall'alto in basso mi raggela: «mi fa vedere il certificato di invalidità?»

«Scusi?» chiede Massimiliano che non si aspettava una domanda del genere.

«Il certificato di invalidità» ripete lei con tono freddo.

«Ma non basta vedere che è seduto su una sedia a rotelle?» insiste Massimiliano fortemente a disagio e del tutto impreparato voltandosi poi a guardarmi in cerca di informazioni.

«No, mi dispiace, questo è il regolamento».

«Purtroppo non ho ancora il certificato perché sono ricoverato in ospedale» dico allora in risposta alla cassiera. «Sono in "libera uscita" per il weekend. Non si potrebbe fare un'eccezione per questa volta?» chiedo con tutta la gentilezza che riesco a trovare, anche se dentro mi sento umiliato nel doverle dimostrare che sto male; come se non fosse abbastanza evidente.

Dopo essersi consultata con la direzione finalmente

ci consegna sei tagliandini di cui uno omaggio, indicandoci che per quanto riguarda il mio posto dovrò guardare il film da solo, seduto in carrozzina davanti alla prima fila, perché per raggiungere tutti gli altri sedili è necessario salire i gradini.

Tanti auguri a te, tanti auguri a te…
Davanti all'enorme tiramisù che mia madre ha preparato i miei amici – stonati come campane – mi cantano gli auguri di buon compleanno. Ho scoperto che tra i ragazzi con disabilità si ha l'abitudine di contare gli anni a partire dalla data dell'incidente, come se per noi fosse iniziata una nuova vita.
Che valga la stessa cosa anche per me? mi chiedo.
…Tanti auguri Valerio, tanti auguri a te!
Qualcuno mi chiede quanti anni compio e dopo un attimo di esitazione rispondo «trentuno» e soffio con forza per spegnere le candeline posizionate sopra alla scritta "Buon Compleanno Valerio".

26

Lungo l'ampio corridoio di ingresso dell'ospedale, fermi a guardare oltre le grandi pareti finestrate, Claudio ed io, chiacchieriamo cercando di far passare il tempo.

Chiedo al mio compagno di stanza come sta sua moglie Chiara, per sincerarmi sull'andamento della gravidanza. Con noi ci sono Stefano, Fernando e Giulio. Siamo parcheggiati tutti a semicerchio per poterci parlare guardandoci in viso e allo stesso tempo poter controllare ciò che ci succede intorno. Ormai passiamo i pomeriggi qui, tra una chiacchiera e un ricordo di com'era la nostra vita prima dell'incidente, facendo apprezzamenti a qualche bella dottoressa o infermiera che di tanto in tanto passa lungo i corridoi.

È diventato il nostro punto di ritrovo, come quando a sedici anni mi davo appuntamento con gli amici di sempre nella piazzetta del paese. Arrivavamo alla rinfusa, chi in motorino, chi in bicicletta, senza bisogno di chiamarsi o darsi un orario. Quella era la nostra seconda casa e gli amici la nostra seconda famiglia: insieme ci sentivamo grandi e forti. Non avevamo paura di nulla, tantomeno di affrontare le difficoltà che la vita ci avrebbe riservato, ma soprattutto di sognare grandi progetti per ciascuno di noi.

Ed è così che mi sento con i miei nuovi compagni di sventura. Perfetti sconosciuti che, come in un salotto letterario, tra una cioccolata e un caffè disquisiscono come importanti intellettuali sui temi della vita.

«Quando è previsto che nasca la piccola?», chiede Stefano.

«Verso gennaio», risponde Claudio, cominciando a contare con le dita i giorni che mancano.

«Allora fa-fa-facciamo fe-fe-festa», dice Giulio seduto al mio fianco. Da quanto è alto sembra entrato a fatica nella carrozzina. Lo osservo con simpatia e penso che non mi ci abituerò mai a quel suo modo buffo di balbettare.

«Se balbetti così» dice Claudio «do-do-doppia festa», e scoppiamo tutti a ridere.

«Il caffè lo prendiamo al bar o dalla macchinetta?» chiede Fernando estraendo dallo zainetto il portafogli per farci capire che oggi tocca a lui offrire per tutti.

Stefano, che deve avviarsi in reparto per prendere delle medicine, sceglie per tutti: macchinetta.

Ci avviamo in fila indiana come un lungo treno merci verso le scale, al fianco delle quali ci sono due macchinette del caffè di cui ovviamente abbiamo la chiavetta, avendo fatto in questi mesi amicizia con il ragazzo che si occupa giornalmente della manutenzione. Possiamo affermare senza modestia che siamo tra i suoi migliori clienti. Tra un lungo, un macchiatone, una cioccolata calda continuiamo le nostre conversazioni sul nulla cosmico, ascoltando di tanto in tanto gli insegnamenti di vita che Giulio ritiene doveroso elargirci: «lo-lo-lo so io co-co-come andrà a fi-fi-finire questa storia» dice come sempre con il tono solenne di chi sta svelando al mondo una verità assoluta.

«Finire cosa?» chiede Claudio che ci trova gusto nel punzecchiarlo per farlo parlare.

«Que-que-questa storia della carrozzina. Qui-qui-qui non ci vo-vo-vogliono guarire. Qui-qui-qui gli interessa solo ve-ve-vendere le carrozzine e pre-pre-prendere la pe-percentuale dal rappresentante» continua agitando le braccia e battendo il pugno sul ginocchio.

Ormai abbiamo imparato a capirlo, Giulio. E non diamo nemmeno più retta alle sue fantasie, che nascono dopotutto dalla paura che ha di affrontare tutta questa storia da solo. Parla sempre di andare in guerra, di combattere, di non darla vinta, come se tutto intorno a noi ci fosse un nemico immaginario.

Mentre aspetto che Fernando mi passi il bicchierino con il caffè vedo entrare dalla porta scorrevole che dà sul parcheggio una ragazza minuta, dai lunghi capelli ricci. Indossa un paio di jeans infilati dentro agli stivali neri che le arrivano poco sotto al ginocchio e un lungo cappotto impermeabile di colore blu che indossa per proteggersi dalla piovosa giornata autunnale. Una volta nell'atrio si ferma a chiudere l'ombrello, poi, senza bisogno di cercarlo – come se conoscesse bene questi luoghi – si incammina verso di noi diretta al distributore automatico di bevande.

Claudio che mi sta osservando mi lancia una leggera gomitata e mi strizza l'occhio: «hai visto che carina?» sussurra con fare malizioso.

«Adesso le offro un caffè» dico con fare sicuro.

«Tanto non c'hai il coraggio» sogghigna lui con tono di sfida.

Non sono mai stato un tipo straordinariamente affascinante, ma non ho comunque mai avuto grossi problemi ad approcciarmi con le ragazze. Dimostro, o almeno dimostravo, generalmente più sicurezza di quanto in realtà non ne avessi, anche se alla fine ero spesso l'ultimo del gruppo ad accorgermi se qualche ragazza aveva un qualche interesse nei miei confronti. Di certo in queste condizioni non posso risultare attraente e, anche se so già di partire svantaggiato, per non dire decisamente sconfitto, credo di non avere nulla da perdere. Di fronte alla prospettiva di dover passare l'esistenza seduto su una sedia a rotelle non mi spaventa di certo il rifiuto di una ragazza che nemmeno conosco.

Così, dopo essermi disegnato sul volto il mio più bel sorriso e aver a mia volta dato una leggera gomitata a Claudio dal significato "ora guarda come si fa", mi avvicino e le dico: «posso permettermi di offrirti il caffè?», e infilo già la chiavetta dentro all'apposito foro del distributore, così che se lei dovesse rifiutare, come prevedo, ho la possibilità di insistere ulteriormente.

Lei alza lentamente la testa che tiene abbassata in direzione della borsa – presumibilmente in cerca del portamonete – e mi guarda con enormi occhi nocciola color dei capelli: «non riesco a trovare le monete, per cui accetto volentieri» mi dice con un bel sorriso.

La sua risposta mi coglie di sorpresa – ero già pronto a dirle "mi permetto di insistere" – che adesso non so più bene cosa fare. Tra noi scende qualche interminabile secondo di imbarazzante silenzio.

«Mi chiedi cosa voglio o lo scelgo da sola?» mi rimprovera sorridendo.

«Scusa. Cosa vuoi?»

Mi dice che vorrebbe una cioccolata calda per scaldarsi un po'.

«Piacere, mi chiamo Elena» dice poi allungando la mano mentre aspettiamo che il distributore termini di erogare la cioccolata.

«Valerio, piacere».

«Come mai da queste parti?» le chiedo per fare conversazione.

«Sono venuta a trovare un amico» dice con fare sbrigativo, senza aggiungere altri particolari, «e tu?»

«Anch'io» rispondo prontamente «sono venuto a trovare loro», e indico Claudio, Giulio ed Fernando che, pochi metri a fianco a noi, in fila come tre statue egiziane ci fissano immobili senza parlare.

«Per un istante ti avevo creduto» dice scoppiando a ridere e tenendo il bicchiere caldo tra le mani per scaldarsi osservando i miei inquietanti amici. «Ora devo scappare» dice accorgendosi tutto d'un tratto che si è fatto tardi.

«Di già?»

«Scusami, magari se ricapita la prossima volta te lo offro io il caffè» dice incamminandosi lungo il corridoio e scomparendo pochi metri più avanti dentro l'ascensore che la porterà chissà dove.

Quando mi giro vedo gli scemi dei miei amici urlare e alzare ritmicamente le mani a formare una ola. Il siparietto continua con Claudio che manda baci all'aria a destra e sinistra sbattendo velocemente le palpebre con fare civettuolo, Fernando che mi mostra le mani unite da pollice e indice a formare un cuore e Giulio che invece balbetta frasi dal contenuto piuttosto osceno.

«Come mai siete ancora tutti quanti qui a fare cori da stadio come degli scemi?» dice una voce alle nostre spalle cogliendoci di sorpresa, «siamo tutti in palestra ad aspettarvi».

La fisioterapista sorride mentre fa finta di rimproverarci e noi per stare al gioco con aria dispiaciuta ci avviamo verso la palestra dove ci attende un incontro con un tecnico di una autofficina che si occupa di allestimenti e adattamenti di automobili per persone con disabilità.

È una cosa sulla quale non avevo ancora mai riflettuto, ma che a pensarci bene ha decisamente senso. Senza l'uso delle gambe risulterebbe pressoché impossibile guidare senza dispositivi che permettano di farlo solo con le mani.

Ciò nonostante, nessuno di noi ha molta voglia di partecipare, ma non abbiamo molta possibilità di dire la nostra e pertanto ci andiamo. In questi incontri chiunque venga non fa altro che ricordarci la nostra condizione e proiettarci davanti agli occhi immagini che non vorremmo vedere e dipingerci un futuro che preferiremmo non essere costretti a vivere.

Entriamo come una piccola comitiva in fila indiana, salutiamo i pazienti già presenti e ci posizioniamo a semicerchio attorno a un ragazzo sulla quarantina, vestito con jeans e camicia che tiene in mano una serie di brochure che ci consegna uno ad uno, stringendoci la mano e presentandosi.

«Era meglio se in quest'ora avessimo fatto fisioterapia, piuttosto che perdere tempo con queste cazzate» mi sussurra Fernando mentre sfoglia distrattamente il materiale illustrativo che tiene tra le mani.

Io faccio spallucce senza rispondere per non ricevere il rimprovero che vedo già pronto a partire dagli occhi della dottoressa seduta proprio di fronte a noi che ci invita a stare attenti e in silenzio.

Come a scuola, penso sconfortato, ed essendo dello stesso parere di Fernando, mi metto distrattamente in ascolto dell'esperto:«...voglio mostrarvi tutte le possibilità che oggi la tecnologia mette a disposizione per le persone come voi».

Ha detto davvero «*le persone come voi*» o ho sentito male?, penso guardandomi intorno in cerca dello sguardo dei miei compagni per capire se l'hanno sentito anche loro o se me lo sono inventato. Mi cresce dentro una sensazione di inadeguatezza che mi mette fortemente a disagio.

«Io voglio tornare in camera» sussurro alla fisioterapista che mi siede accanto e che nota come sia cambiata l'espressione del mio volto e mi sia improvvisamente irrigidito.

«No, resta. È importante. Poi usciremo in parcheggio a fare una prova di guida» mi risponde incapace di comprendere cosa mi prenda.

«Io non ci vengo».

Quelle parole hanno avuto la capacità di farmi sentire un "diverso", e nonostante abbia perfettamente compreso cosa intendesse dire, quelle banali parole mi hanno ferito.

I miei brontolii non servono a nulla, e dopo una lunga ora teorica in palestra usciamo in parcheggio, dove controvoglia e quasi costretto provo a guidare un'automobile per qualche centinaio di metri. Il tutto si conclude molto velocemente e devo ammetterlo: è stato anche divertente.

Ma questo non è un gioco e di divertente non c'è

proprio nulla. Qui si tratta della mia vita e del mio futuro.

Rimango di cattivo umore per tutto il giorno rimuginando su quanto è successo, al perché mi sia sentito così, a cosa mi abbia fatto davvero male. E più ci penso e più percepisco che non mi sono sentito offeso per le parole usate, né tanto meno per il loro significato, ma piuttosto perché implicitamente sono stato paragonato a tutti i miei compagni di avventura. Loro sì sono disabili.

Tranquillo a letto, immerso nel silenzio irreale nel quale piomba il reparto quando si spengono tutte le luci, mi torna in mente un altro episodio di qualche settimane fa, quando un ex paziente è venuto a raccontarci la sua esperienza proprio come oggi il tecnico dell'autofficina, durante la sessione di fisioterapia.

«Io vivo quasi meglio ora di quando camminavo» aveva detto a un certo punto, in una sorta di tavola rotonda durante la quale avremmo dovuto ascoltare la sua storia e poi condividere con lui, che ci è già passato, le nostre emozioni.

Che cazzata, ho pensato. Come può dire un'assurdità del genere? Come può dire che tutto questo è meglio di quando potevo camminare, giocare a calcio, viaggiare, fare sesso? Come farò a riprendere in mano il mio lavoro? Supervisionare i cantieri, andare in trasferta, eseguire i collaudi degli impianti che progetto? Lui, il "disabile motivatore" la pensi pure come vuole, io stavo meglio prima!

Dopo quell'affermazione tutto l'incontro mi è parso una patetica messinscena, finalizzata a indorarci una pillola amara da ingoiare. Come può una vita in carrozzina sostituire tutto quello che c'era prima e ora non c'è più?

"Il motivatore", così lo abbiamo soprannominato, ci aveva poi raccontato che nonostante la disabilità riesce ancora a fare un sacco di cose: ma a me questo non basta. È vita questa? Potrà mai esserci una normalità per me? Non voglio rispondere a questa domanda, perché non sono convinto che la strada giusta sia accettare il verdetto dei medici. Credo di dover ancora lottare per tornare a camminare. Accettare di dover vivere così sarebbe una sconfitta enorme, significherebbe darla vinta al destino.

Io voglio lottare, provarci fino in fondo, non lasciare nulla di intentato. Io non mi voglio rassegnare ad una vita così.

27

«Non è lei?» mi chiede Claudio puntando il braccio verso il corridoio e indicando una figura femminile che sta attraversando la porta scorrevole della sala d'attesa.

Sì che è lei. La riconosco immediatamente, e ne ho la conferma quando, tolti i guanti e il cappello lascia libera la folta chioma di capelli ricci.

Nel vederla mi illumino e, spinto dagli incitamenti dei miei compagni, mi getto a grande velocità attraverso i tavolini del bar, e poi lungo il corridoio, facendo zig-zag tra le povere persone che stanno passando proprio in quel momento e che mi rivolgono qualche improperio. Una signora anziana che sfioro per un niente si spaventa visibilmente, me ne accorgo ed alzo il braccio in un gesto di scuse senza quasi fermarmi. Se la incontrerò nuovamente dovrò ricordarmi di porgerle scuse più serie, ma ora non posso fermarmi, questa è una questione di vita o di morte. È una settimana che tutti i pomeriggi sto qui a guardare se la rivedevo passare e ora non posso permettermi di lasciarmela scappare.

Mentre la raggiungo ho il tempo di vedere la mia immagine riflessa sulle grandi vetrate che danno sul giardino, e man mano che la distanza tra noi si riduce, penso a quanto male sono vestito Scarpe da ginnastica, pantaloni di una tuta dozzinale comprata da mia madre appositamente per la degenza e di una taglia troppo grande per le mie piccole e secche gambe flaccide, una felpa con il cappuccio e una fascetta in testa per contenere una chioma di capelli ricci esageratamente folta e voluminosa – che non ho ancora tagliato dal giorno dell'incidente.

Chissà perché nonostante abbia pensieri ben più seri a cui pensare, faccio tanto caso all'abbigliamento.

Arresto la corsa con una sgommata sul pavimento lucido e bagnato dalla pioggia per cercare di impressionarla mettendo in luce le mie abilità di pilota. Purtroppo il risultato è molto lontano dalle aspettative, tanto che per poco non la travolgo. Mi rendo subito conto di aver fatto la mia prima figura di merda. Mi sento un povero sfigato come quando molti anni fa con il motorino scivolai sull'asfalto davanti alla chiesa del paese per mostrare alla fidanzatina di allora come facevo bene le sgommate.

«Ciao», mi dice Elena dopo essersi ripresa dallo spavento provocato dalla mia plateale entrata in scena, «che sorpresa! Come stai?»

«Tutto bene grazie. E il tuo amico come sta?» le chiedo ricordandomi quanto mi aveva detto la volta precedente.

«Quale amico?» chiede distrattamente mentre recupera dalla borsa una chiavetta del distributore automatico e la inserisce nell'apposita fessura.

Nel suo atteggiamento c'è qualcosa che non mi torna. Sono certo che mi avesse detto di avere un amico ricoverato in un qualche reparto al piano superiore. Ma a lasciarmi più perplesso è la chiavetta per il caffè, che di solito viene consegnata a chi lavora in ospedale e non di certo ai visitatori occasionali.

«Il tuo amico che è ricoverato, non sei venuta a

trovarlo?»

«Ah, sì» dice lei fingendo di essersene dimenticata, «lo hanno dimesso. Tu cosa prendi?» continua nel tentativo di cambiare discorso.

«Un decaffeinato, grazie. Oggi sono già al quinto caffè».

Non do peso alla cosa e facendo finta di nulla iniziamo a chiacchierare. Le racconto brevemente la mia storia recente. Parlo praticamente solo io: di lei mi dice solo che abita a pochi isolati dall'ospedale.

Come la volta scorsa a un certo punto sembra rendersi conto che si è fatto tardi e salutandomi frettolosamente si incammina verso l'uscita in direzione di casa. Prima di andarsene però mi lascia un bigliettino con il suo numero di telefono.

Dopo averla osservata uscire me ne torno al bar pensieroso, convinto che ci sia qualcosa di strano in quella ragazza, ma anche felice per averci passato del tempo insieme e aver avuto per un attimo l'impressione di esserle simpatico. Forse sto solo fantasticando troppo, come quando assieme ai miei colleghi a quattro ruote parliamo di ragazze e di sesso con atteggiamento superficiale e borioso. Di fatto però, è solo il nostro modo per esorcizzare la paura e il dolore di sapere benissimo quanto la nostra funzionalità sia stata compromessa e quanto difficile sarà per noi accettare l'idea che non riusciremo più a districarci tra le lenzuola come facevamo prima.

Ora, che una donna possa essere interessata a me, mi sembra alquanto strano, ma l'idea che possa addirittura essere attratta da un uomo a "mezzo servizio" la troverei del tutto bizzarra. Eppure, se il mio sesto senso funziona ancora, mi sta dicendo che quella bella ricciolina prova un certo interesse per me.

«Allora co-co-come è andata la ba-ba-battaglia?» mi chiede Giulio appena varco la porta del bar.

«Diciamo che ci stiamo studiando» gli dico con fare trionfale alzando il pollice e facendo l'occhiolino.

«Sappi che la mi-mi-miglior tattica è se-se-sempre l'attacco» dice alzando il dito indice come per impartirmi una lezione.

«Grazie, Giulio, lo terrò a mente».

Non mi piace fantasticare ad occhi aperti. Ma per una volta ha ragione lui e la prossima volta, la inviterò a uscire. Ci faremo una bella passeggiata lungo i corridoi dell'ospedale, penso con ironia.

28

Il Natale è ormai vicino, lo si sente nell'aria, e tutto intorno sono in corso i consueti preparativi. Gli addetti stanno installando un albero gigante proprio al centro della sala d'attesa e un po' ovunque fioccano piccoli addobbi che ne rievocano l'atmosfera. Palline, festoni, qualche stella di Natale.

Ma per tutti noi c'è poco da festeggiare. Mai come ora vivo forte il contrasto tra il dolore che si respira quotidianamente in questi luoghi e l'avvento di una festa che per antonomasia dovrebbe portare gioia e serenità. Sono passati quattro mesi dall'incidente e nonostante tutte le mie preghiere il miracolo di una guarigione improvvisa sembra sempre più improbabile.

«Sarebbe bello travestirci da Babbo Natale e fare un po' di festa lungo i corridoi il giorno della Vigilia» dico a Martina, la mia fisioterapista, mentre, seduto sul lettino eseguo i classici esercizi che da settimane ripeto quotidianamente durante l'ora che trascorriamo insieme in palestra.

«Concentrati sull'esercizio che poi lo fai male» mi rimprovera lei sorreggendomi. Per un attimo perdo l'equilibrio e rischio di cadere. Dopo tanti mesi sono ancora alle prese con un equilibrio precario.

«Non credo si sia mai visto un Babbo Natale seduto» proseguo continuando a pensare all'idea che trovo a mio modo originale. L'esercizio che sto facendo è talmente faticoso che sono costretto a fermarmi un attimo per riposare e riprendere fiato. «E tu potresti travestirti da Babba Natale sexy».

«Sei uno scemo» mi dice dandomi un colpetto con la mano sulla testa facendo finta di essere indignata, ma allo stesso tempo mostrando di essere palesemente lusingata per averla definita sexy, esplodendo poi nella sua tipica risata arricciando il naso.

«Se non ci inventiamo qualcosa di divertente si prospetta davvero un Natale triste. Potremmo andare in giro a distribuire caramelle alle persone che entrano, così regaliamo a tutti un sorriso» continuo già immaginandomi tutto vestito di rosso, con una lunga barba bianca e un enorme cuscino per la pancia, mentre mi spingo su e giù per il corridoio dell'ospedale con una cesta di leccornie posata sulle gambe.

«Vedremo, abbiamo ancora un po' di tempo per pensarci. Ora rimettiti a lavorare che oggi mi sembri un po' svogliato» taglia corto Martina divertita dall'idea.

Martina è tra le persone con cui passo più tempo. Nelle ore di fisioterapia tra un esercizio e l'altro ci facciamo delle lunghe chiacchierate, tanto che in qualche occasione sono riuscito a confidarle le paure e le difficoltà che incontro con qualche operatore del reparto. A volte mi accorgo come sia costretta a ristabilire le distanze tra di noi. Nonostante si sia venuto a creare un bel feeling tanto da sembrare una "coppia" bella affiatata, per lei rimango prima di tutto un paziente e la nostra, più che un'amicizia, rimane una sorta di cordiale rapporto di lavoro. Ma per quanto ci si sforzi è difficile lasciare emozioni e sentimenti fuori da tutto questo.

Fatto ritorno in stanza ne parlo con Claudio.

«Martina mi ha promesso che si vestirà da Babbo Natale» gli dico mentre effettuiamo le operazioni per andare a letto.

«Già me la immagino indossare quel vestitino rosso fuoco che mi hai mostrato ieri sul telefonino» risponde Claudio ridendo sotto i baffi. Sa quanto Martina sia vanitosa e attenta all'aspetto fisico, pertanto decisamente a suo agio nel ruolo della donna seducente.

«Mi fa-fa-farei portare un re-re-regalo anch'io da una Ba-ba-babbo Natale così» interviene dal nulla Giulio, che evidentemente sveglio, ci ha sentiti parlare di vestitini sexy. Sembra abbia un radar che capta solo certi argomenti.

«Giulio, un po' di contegno, stai sempre a pensare a quello» gli dice Claudio.

«Sono se-se-sempre un uomo. Mezzo rotto, ma-ma uomo» risponde lui con serietà.

Nonostante i modi un po' rudi tutto sommato ha ragione. Abbiamo voglia si sentirci ancora amanti virili e instancabili, ma lui vive questa condizione peggio di tutti noi. Forse per l'età, forse per il carattere, forse perché a differenza mia e di Claudio è praticamente sempre solo, senza una famiglia e degli amici che gli stiano vicini e lo facciano sentire ancora amato.

A volte gli stessi medici che dovrebbero aiutarci in questo processo di accettazione non fanno che peggiorare la situazione. Ieri abbiamo avuto un incontro "formativo" tenuto dalla dottoressa Paolini e da quell'odiosa della caposala. Qui dentro non la sopporta nessuno. Il tema del giorno era: "Sessualità ed affettività nel paziente midollare", ovvero: "come poter avere un rapporto sessuale nonostante siano compromessi l'erezione e la sensibilità".

Per l'occasione oltre a tutti i pazienti sono stati invitati a partecipare i familiari e i rispettivi partner. Quasi stavamo stretti da quanti eravamo in palestra. Per non parlare del clima colmo di imbarazzo che regnava. In semicerchio davanti alla dottoressa ascoltavamo silenziosi guardandoci i piedi e facendo fatica ad affrontare gli sguardi gli uni degli altri.

Costretti a smascherare le nostre fragilità così davanti a tutti, ci sentivamo violati nella nostra intimità e nonostante ci venisse chiesto di partecipare attivamente all'incontro nessuno di noi avrebbe voluto trovarsi lì in quel momento. La sessualità rimane uno degli aspetti più difficili da affrontare e accettare, ma quello onestamente, non ci sembrava il modo più adeguato per parlarne.

Mentre la dottoressa e la caposala si alternavano nell'esposizione dell'argomento mi tornava alla mente una mia compagna di università che, venendomi a trovare i primi giorni dopo l'operazione, mi aveva parlato di un oggetto prodotto dall'azienda per cui lavora e che aiuta a produrre un'erezione. Si infila sul pene e tramite una sorta di pompa richiama il sangue, generando così un'erezione meccanica e priva di sensibilità, ma pur sempre un'erezione.

Ricordo che pensai che sarebbe stato un po' come farlo con una bambola gonfiabile. Ma la bambola gonfiabile questa volta sarei stato io.

«Valerio cosa ne pensa?»

Era la voce della dottoressa che, vedendomi assorto nei pensieri, richiamava la mia attenzione.

«Di che cosa?» le ho chiesto io.

«Lasciamo perdere» ha proseguito lei sconsolata «come stavo dicendo, oltre a questo dispositivo che crea il vuoto e risucchia il sangue, possiamo optare per delle punture da fare alla base del pene prima del rapporto. Le classiche pastiglie tipo Cialis o Viagra invece, hanno un tempo di reazione leggermente più lungo, quindi sappiate che dovete prenderle con anticipo e ricordate che hanno un effetto prolungato che può durare anche dodici ore».

«Do-do-dodici ore col ca-ca-cazzo duro?» ha esclamato Giulio a voce alta agitando la mano in un gesto volgare ma suscitando l'ilarità generale.

«Signor Giulio, ma che modi sono!?» ha sbottato indignata la dottoressa, «il suo pene tenderà a inturgidirsi nelle dodici ore successive ogni qual volta verrà stimolato».

«E la puntura co-co-come funziona? Devo in-in-interrompermi prima del rapporto mentre so-so-sono lì nel più bello e ti-ti-tirare fuori la siringa? Così svanisce tu-tu-tutta l'atmosfera. Io di do-do-donne ne ho avute pa-pa-parecchie, so cosa sto dicendo».

«Dovrà abituarsi all'idea e individuare quale sia il metodo più congeniale per lei» ha risposto seccata la dottoressa.

Nella stanza il clima si era fatto rovente. I familiari sembravano allibiti e fortemente a disagio, mentre tra di noi ci lanciavamo occhiate divertite godendoci la battaglia verbale tra la dottoressa e Giulio.

Nessuno di noi aveva voglia di intromettersi o di esporsi, ma la pensavamo sostanzialmente tutti come il nostro compagno di stanza. Troppo facile parlare di questo argomento come se fosse una lezione di biologia sulla riproduzione dei mammiferi. Qui si parlava delle nostre vite, della nostra sessualità, della nostra virilità. Qui si parlava di noi.

«E con la sensibilità come facciamo?» ha chiesto allora Stefano, interrompendo per un attimo quel duello verbale.

«Purtroppo non sentendo nulla dovrete usare l'immaginazione. Voi maschi, abituati a ragionare sempre e solo con quello, dovrete impegnarvi un po' e imparare a raggiungere l'orgasmo con la mente».

«E se da-da-davanti mi ritrovo un mostro? Mi-mi-mica posso go-go-godere con la mente» è intervenuto Giulio agitato.

«Sa cosa le dico Signor Giulio!? Che quella povera donna potrebbe pensare lo stesso di lei» ha sbottato esasperata la dottoressa.

Ci è voluto l'intervento della collega per riuscire a rasserenare gli animi e riportare la conversazione su toni più professionali e poter proseguire l'incontro. Quello che doveva essere un momento di confronto e di condivisione ha preso i connotati di una lezione accademica nella quale i relatori con vocaboli e atteggiamento da professori si sono prodigati a spiegarci inutili e noiosi dettagli tecnici sull'anatomia umana.

Me ne sono tornato in camera con l'amaro in bocca, senza far parola con i miei genitori di quanto avevamo udito in palestra. Troppo imbarazzante e troppo intimo per poterlo condividere con loro.

29

«Ragazzi ci siamo» dice a voce alta l'operatrice mentre entra in stanza spingendo il carrello, «è tempo di fare la doccia e di svuotare il sederino», scherza mentre si prepara di fronte al letto di Giulio. È l'inizio di una nuova giornata.

«Come stai oggi Giulio?» chiede Susanna dopo aver tirato la tenda separé ed avergli tolto le coperte aiutata da una collega.

«Insomma», risponde un po' scontroso Giulio, che in questi giorni è più nervoso del solito.

«Cosa sarà mai successo di tanto grave per avere quella faccia? Tra poco è Natale, non sei contento?» cerca di rallegrarlo l'operatrice.

Giulio borbotta qualcosa che non riesco a comprendere poi d'improvviso esclama: «mi piacerebbe un bel *cu-cu-cuniculus*».

«Un bel... cosa?» chiede Susanna con ingenuità, senza capire a cosa si stia riferendo Giulio.

«Non sai co-co-cos'è un *cu-cu-cuniculus*?» esclama nuovamente Giulio col tono un po' seccato del professore di latino che vuole far sfoggio delle sue conoscenze.

Ma temo che anche Giulio non abbia mai studiato latino e che abbia pronunciato erroneamente per ben due volte la parola *"cunnilingus"*.

Non riesco a trattenermi dal ridere, tanto che vedo

spuntare dalla tenda Susanna che mi guarda scrollando la testa a destra e sinistra e picchiettandosi le tempie con il dito indice, nell'evidente mimica di chi si rende conto di avere a che fare con uno che sta sragionando.

«Cos'è questa cosa che chiede Giulio?» domanda.

«Te lo dico dopo» le rispondo a bassa voce roteando il dito e facendole l'occhiolino.

«Se-se-se non lo sai me-me-meglio se cerchi su internet» conclude Giulio con fare saccente.

Entrando in stanza verso le due e trovandoci tutti a letto per il consueto sonnellino pomeridiano, Susanna posizionatasi ai piedi del letto di Giulio, dopo essere certa di aver attirato la sua attenzione, con fare serio come se si stesse preparando a recitare una parte imparata a memoria comincia: «ci credo che non capivo cosa mi stavi chiedendo stamattina. Quella cosa lì si dice...» e non ricordandosi il termine corretto si tira su con fare comico la manica della divisa leggendo il nome che si era appuntata sul polso.

«Si dice... *cun-ni-lin-gus*» prosegue sillabando il termine che non conosce e non aveva mai sentito prima.

Io sorrido pensando a questa mattina quando incrociandomi in palestra mi aveva chiesto cosa volesse dire Giulio. Le avevo spiegato a cosa si stesse riferendo e quale fosse il nome corretto, tanto che per non dimenticarselo se lo era, per l'appunto, scritto con una penna sul polso.

«E io co-co-cosa ho detto?» esclama serio Giulio.

«Tu hai detto *cu-ni-cu-lus*, non *cun-ni-lin-gus*» risponde lei, continuando a leggere sul polso.

«*Cu-cu-cuniculus* o *co-co-conilingus*, è uguale. Mica ho studiato latino, io» sbotta lui, chiudendo il sipario sull'argomento.

E noi ridiamo!

Cos'altro potremmo fare?

Ridiamo di lui, ridiamo di noi, ridiamo di tutto. Ridiamo per non pensare, ridiamo per non affrontare la realtà, semplicemente, ridiamo.

30

«Elena?!» esclamo con stupore mentre attraversando la porta scorrevole che porta in palestra me la ritrovo davanti. Indossa un camice bianco e passeggia in direzione degli uffici in compagnia della responsabile dei fisioterapisti, con cui sta conversando.

«Ciao, Valerio» risponde lei prontamente, dissimulando la sorpresa di vedermi e anche un certo imbarazzo.

Porta i capelli ricci sciolti che le cadono dietro le spalle. Indossa un maglione nero ed un paio di jeans che intravedo attraverso il camice lasciato aperto sul davanti. Al collo porta un vistoso ciondolo d'argento.

«Buongiorno, Lucia» dico salutando la coordinatrice che conosco e con cui ho instaurato un rapporto cordiale. Lucia mi risponde con un sorriso sincero.

«Conosci già Elena?» mi chiede ignara del fatto che noi due ci fossimo già incontrati nei giorni precedenti, «è una nostra collega fisioterapista che ha iniziato da poco un periodo di tirocinio. Resterà con noi fino a dopo Natale. Ma avrete modo di incontrarvi ancora…» conclude salutandomi con un cenno della mano, continuando a camminare lungo il corridoio in direzione del suo ufficio.

Elena arrossisce leggermente e, abbassando lo sguardo per evitare il mio, segue Lucia a passo svelto, lasciandomi lì interdetto.

Pensieroso entro in palestra dove ad attendermi trovo Martina.

«Oggi ti metto in piedi» mi dice venendomi incontro.

Come per magia ogni pensiero sparisce e la mia attenzione si catalizza solo su di me, sulle mie gambe, e su quel desiderio che cullo da mesi e che sembra finalmente diventare realtà.

Trasferito sul lettino, Martina mi fa sedere con la schiena appoggiata al muro e le gambe distese, poi senza dirmi nulla sparisce in cerca di qualcosa in fondo alla sala. Quando torna porta con sé dei pezzi di cartone molto rigido sagomato a formare una 'U'.

Mi sento nervoso. L'adrenalina cresce.

«Servono per sorreggerti e immobilizzarti le gambe» mi dice finalmente Martina posizionandomeli sotto le gambe.

Non sto più nella pelle e inizio a tartassarla di domande a tal punto che è costretta a zittirmi per riuscire a concentrarsi. Deve far aderire perfettamente delle bende ai tutori tirandole con forza e precisione per evitare che una volta verticalizzato sotto al mio peso possano allentarsi rischiando di farmi cadere.

Mentre la guardo lavorare penso che l'idea di rimanere in piedi sorretto solo da dei pezzi di cartone mi fa un po' paura. Martina, che ormai sembra leggermi nei pensieri, mi tranquillizza: «reggeranno».

«Siamo sicuri che reggano?...» le chiedo con un po' di timore guardando la pedana davanti a me.

Martina non ha il tempo di rispondermi che io, facendo leva con le braccia sulle parallele, già mi ritrovo in posizione verticale.

«Mi sento un gigante!» le dico urlando in preda all'emozione.

Sono alto un metro e settantacinque, ma in questo momento mi sembra d'essere alto almeno il doppio. Da quassù ho la sensazione di poter dominare il mondo. Un mondo piccolo, certo, confinato tra due sbarre parallele e una pedana, il cui orizzonte sono le pareti attrezzate della palestra, ma pur sempre un mondo nuovo.

Dopo quattro mesi di continuo ed estenuante lavoro è finalmente arrivato il momento di sperimentare le vertigini. E sono proprio le vertigini che dopo pochi istanti mi sembra di provare.

«Ehi, stai bene? Ti gira la testa?» mi chiede Martina richiamando la mia attenzione mentre in posizione verticale stringo con forza il corrimano.

«Sì, sì, tutto bene» la tranquillizzo pur sentendo invece un leggero giramento di testa. «Ce ne abbiamo messo di tempo per prepararci ma ne è valsa la pena» le dico guardandola dritta negli occhi per la prima volta da quando la conosco. In realtà siamo stati spesso seduti uno di fronte all'altra, ma questa volta poterlo fare in piedi è speciale. Sembra un'esperienza nuova.

«Quando ti gira la testa o ti senti un po' strano dimmelo, che ti aiutiamo a sedere» prosegue lei, preoccupata che possa avere un calo di pressione. Non mi toglie gli occhi di dosso.

Finalmente tornano buoni tutti gli esercizi con i pesi fatti per rinforzare le braccia, così mi tengo con forza alle parallele e mi godo questo momento.

È una sensazione stranissima, mi concentro ad ascoltare il mio corpo e cerco di capire cosa stia succedendo dentro di me e mi rendo conto che, mentre una parte del mio fisico è perfettamente consapevole di ciò che sta facendo, quella sotto l'ombelico quasi non si rende conto di nulla.

Di fronte a me si apre un lungo, lunghissimo percorso di due metri confinato dentro alle parallele che mi invita a percorrerlo avanti e indietro, un passo alla volta. Eppure, benché ci voglia provare, non so da che parte cominciare. Nonostante non le senta, le gambe mi sembrano due pesantissimi pezzi di pietra impossibili da sollevare. Se anche volessi provare a camminare so già che sarebbe tutto inutile. Non si muovono, non rispondono.

All'improvviso mi assale un dubbio. Possibile che non sappia più come si fa? Possibile che mi sia già dimenticato come si cammina?

Mi sento stanco, un leggero torpore mi pervade. Ragionare sembra sempre più difficile e con uno sforzo scaccio questo pensiero e torno a concentrarmi sull'emozione che mi dà stare in piedi. Voglio imprimermela nella mente e nel cuore, voglio ricordarmi che sapore ha vedere le cose da questa prospettiva. Dopotutto è l'unico obiettivo a cui ho ambito per tutto questo tempo, il motivo per cui tutte le mattine sono venuto in palestra. Questo è ciò che ho chiesto nel silenzio delle mie preghiere.

«Ehi, Valerio! Siediti che è meglio» mi invita preoccupata Martina, richiamando ancora una volta la mia attenzione e sorreggendomi pochi istanti prima che possa perdere l'equilibrio. Ora la testa gira vorticosamente e mi sento intontito.

Aiutato da Martina mi lascio scivolare all'indietro, fino a posare il sedere sulla carrozzina che si trova esattamente dietro di me, appena fuori dalla pedana.

«Per oggi basta così» mi dice tirando all'indietro la carrozzina e facendo ritorno al lettino, «c'è mancato poco che svenissi e cadessi a terra».

«No, voglio provare di nuovo» protesto senza troppa convinzione.

«Riproveremo domani».

In effetti sono così stanco che appena l'operatrice mi riporta in camera crollo in un sonno profondo e tormentato.

La stanza è grande, senza finestre, con le mattonelle color rosso cremisi e due grandi colonne nel mezzo. Mi ci vuole poco per riconoscerla: siamo nel seminterrato della casa vacanze nella quale eravamo soliti passare la settimana con la parrocchia durante le vacanze estive.

Sto sognando di nuovo. Siamo seduti in cerchio. Nel mezzo una cattedra vuota e Paolo, l'educatore, che ci invita uno alla volta a salirci sopra urlando una frase. Parte Matteo che di scatto si alza, si avvicina, sale sopra e urla: «sono salito sulla cattedra per ricordare a me stesso che dobbiamo sempre guardare le cose da angolazioni diverse. E il mondo appare diverso da quassù». Poi prima di scendere esclama: «Capitano, mio Capitano».

È la scena de "L'attimo fuggente", tema di un camposcuola di molti anni fa. Dopo Matteo si alzano tutti uno alla volta.

«Tocca a te» dice Alessio dandomi una gomitata.

«Non ci riesco» gli dico colto dal panico.

«Dai, muoviti. Non fare lo scemo» insiste dandomi un leggero spintone.

«Non ci riesco, ti dico, le mie gambe non si muovono. Sono paralizzate, non ci riesco» esclamo in preda a un panico crescente. La paura mi pervade, mentre tutti gli amici intorno a me insistono e mi strattonano per aiutarmi ad alzarmi.

«Non ci riesco. Non riesco a camminare» urlo con tutto il fiato che ho.

D'improvviso tutti spariscono e mi ritrovo solo, seduto per terra, nella sala vuota e silenziosa. Al centro, la cattedra solitaria mi invita a salire.

Vorrei tanto poter vedere il mondo da lassù, sperimentare nuovamente cosa si prova, ma nonostante mi sforzi, non ci riesco. Più guardo quella cattedra e più mi rendo conto che sto già iniziando a dimenticare cosa si prova a stare in piedi.

31

Ormai nei weekend esco regolarmente in permesso e questa domenica, assieme alla compagnia, abbiamo deciso di venire ai Mercatini di Natale. È la tipica giornata di metà dicembre: rigida, con quel po' di nebbiolina che entra nelle ossa e dà la sensazione che sia ancora più freddo di quanto non sia davvero. La città brulica di macchine e noi siamo imbottigliati nel traffico in cerca di trovare parcheggio.

Dietro siedono Laura, Sara e Stefania, mentre al volante c'è Cristiano che in quanto a pazienza e tranquillità è imbattibile.

«Non so se sia stata una buona idea» dice Laura con un po' di insofferenza osservando fuori dal finestrino in cerca di un posto libero. Il parcheggio non si trova e siamo costretti a cercare tra stradine secondarie.

«Vale raccontaci di Elena» chiede Stefania seduta tra Sara e Laura e quasi disinteressata del problema del traffico. Lei soffre il freddo e sta bene anche qui seduta al caldo.

L'argomento interessa tutte e tre le mie amiche e dietro cala immediatamente il silenzio, permettendo a Cristiano di continuare la sua ricerca senza stress.

«È stata lei a salutarmi la settimana scorsa vedendomi al distributore del caffè» inizio a raccontare. «L'avevo vista entrare, ma ho fatto finta di niente. L'ultima volta che l'ho incontrata in palestra col camice da fisioterapista ha fatto quasi finta di non conoscermi e volevo vedere come si sarebbe comportata questa volta».

«Hai fatto bene».

«Mi ha spiegato che da qualche settimana ha iniziato lo stage proprio nella palestra riabilitativa dell'ospedale e che mi aveva più volte notato mentre passavo».

«E non ti poteva salutare lì in palestra?»

Racconto allora che il suo ruolo è quello della coordinatrice per cui non viene direttamente a fare attività in palestra ma sta di più negli uffici e che nella sua posizione non sapeva bene come fare per venire a conoscermi. «Non voleva che circolassero subito tra colleghi voci di una sua simpatia verso di me. In ospedale i pettegolezzi sono all'ordine del giorno e anche una semplice amicizia può essere travisata e passare per qualcosa di sconveniente».

«Secondo me devi stare attento a questa qui, Vale» dice Sara con fare scettico.

«In che senso?»

«Nel senso che questa ragazza arriva all'improvviso, non si vuole esporre al lavoro, ma allo stesso tempo sembra girarti intorno. E poi non sembra sincera. Non vorrei che finissi per affezionartici e ci restassi male se questa come è arrivata scompare dopo averti illuso di chissà che cosa» dice Sara con diffidenza.

«Stai correndo un po' troppo» le dico tranquillizzandola, «tra noi due non c'è proprio nulla se non una reciproca simpatia, per cui vedrai che non ci sarà nulla di cui illudersi».

Alle mie amiche non lo confido ma in cuor mio spero vivamente che tra di noi possa nascere qualcosa di più di una semplice amicizia. Quando Elena mi aveva chiesto il numero di telefono per un attimo il cuore aveva aumentato i battiti.

«Trovato!» esclama Cristiano con entusiasmo e battendo la mano sul volante.

«Cosa?» chiedono tutte e tre le mie amiche all'unisono girandosi verso di lui. «Il parcheggio», risponde con tranquillità come se fino a quel momento si fosse completamente estraniato da ciò che avveniva dentro l'abitacolo.

La prima a scendere è Laura che inizia subito a scaricare la carrozzina dal bagagliaio, investita dall'aria gelida che soffia da nord. Dopo aver montato tutti i pezzi ed aver effettuato il trasferimento ci incamminiamo in direzione dei mercatini dove scopriamo ben presto che ad attenderci c'è l'inferno. Tutt'intorno è stracolmo di gente. La piazza è gremita di persone che si scattano una foto ricordo sotto un'imponente stella cometa luminosa. Ad ogni lato luminarie e addobbi creano un'atmosfera natalizia che però non riesco ad assaporare appieno, dato che sono troppo impegnato a guardare per terra e a cercare di farmi spazio tra passanti distratti che reggono enormi borse piene di regali.

Quando ci infiliamo lungo le vie che portano alle piazze mi sento mancare l'aria. Quasi non riesco a respirare da quante persone ho attorno, a destra e sinistra due muri di folla mi precludono persino la vista delle vetrine dei negozi.

Il cammino è lento e snervante, ogni tanto urto con

le ruote le caviglie di qualche passante che non vede la carrozzina e cerca di superare. Altre volte mi trovo inaspettatamente di fronte a un gradino o, peggio ancora, a una strada pavimentata con il ciottolato, sulla quale le ruote anteriori della carrozzina continuano a infilarsi e bloccarsi.

Arrivati alle bancarelle comprendo che per me l'impresa è davvero titanica, se non impossibile. Sembra che nessuno si accorga della mia presenza e Sara, Laura e Stefania devono continuamente domandare permesso o invitare la gente a spostarsi per lasciarmi passare e permettermi di avvicinarmi ai banchi.

Stanco, infreddolito e demoralizzato cerco di allontanarmi un po' dalla bolgia.

«Andate voi, io vi aspetto qui» urlo verso Sara nel tentativo di sovrastare il chiasso.

«No, non ti lascio qui da solo» mi dice lei avvicinandosi e abbassandosi per riuscire a conversare meglio.

«Ma io lì dentro non ci torno. Davvero! È troppo stressante e faticoso. Non pensavo fosse così».

«No, Vale, cerchiamo un bar e beviamoci una cioccolata calda piuttosto» mi dice lei. È un'ottima idea, penso, perché mi sto letteralmente congelando.

Peccato che ogni bar sia pieno, ma, senza perdersi d'animo, i miei amici decidono che con i mercatini per oggi può bastare e propongono di allontanarci dal centro in cerca di un ambiente meno affollato. Solo dopo una interminabile mezz'ora riusciamo a trovare un bar sufficientemente largo da far entrare e accomodare a un tavolino me e la mia carrozzina.

Al bar, Sara, vedendomi tremare dal freddo mi alza la

gamba di un pantalone e infila le mani per toccarmi i polpacci: «hai le gambe congelate» esclama, «così ti ammali».

«Purtroppo la circolazione sanguigna fa schifo, e non riesco più a termoregolarmi» dico con rassegnazione. «Quando sono così non c'è modo di scaldarle».

Ordiniamo cioccolata e tè caldo per tutti e finalmente, nonostante un brusio di fondo, riusciamo a riprendere a parlare senza dover urlare per farci sentire. La conversazione torna ovviamente su Elena, e Cristiano, l'unico del gruppo disinteressato all'argomento sorseggia la sua cioccolata calda guardandosi intorno, mentre le mie amiche sembrano chiudersi a cerchio intorno a me in preda a una curiosità irrefrenabile.

«Devo ammettere che immaginare che una ragazza possa provare un certo interesse per me mi rende euforico. Ho l'impressione che mi guardi con gli occhi di chi non si preoccupa della mia condizione fisica. Anzi, la sua esperienza nel trattare persone con disabilità mi dà quasi conforto... una sorta di sicurezza, in più sembra davvero una persona solare, semplice e divertente».

«Stai attento, Vale. Da come ce la racconti, questa ragazza ha proprio la sindrome da crocerossina» chiosa Sara cinica, mettendosi a braccia conserte.

«Non vi capisco. Se non vi conoscessi abbastanza penserei che siete gelose di lei».

«Ti vogliamo solo un gran bene e non vorremmo vederti soffrire».

«Per ora non corro alcun rischio. E poi Elena è una fisioterapista e di certo non può pensare di prendersi gioco di me».

Ne parlo a lungo con loro che non sembrano esserne

così sicure. Ma io non posso dubitarne. Rischierei di rovinare sul nascere - che cosa non lo so - ma mi piacerebbe tanto potesse essere una bella storia d'amore, penso, stupendomi io stesso di questo pensiero.

Anche se è domenica Elena è di turno. Mentre rientravo in macchina dalla città le ho mandato un sms avvisandola che stavo arrivando. Quando entro in reparto la trovo li ad aspettarmi.
«Ho appena finito il turno» mi dice dopo che gli infermieri hanno terminato le operazioni per la notte.
«Sono contento di vederti, oggi è stata una giornata caotica. Non pensavo fosse così difficile affrontare il mondo là fuori. Per fortuna c'erano i miei amici ad aiutarmi». Grazie al cielo loro ci sono sempre stati in questi mesi.
«Qui in ospedale invece è stata una noia pazzesca, non c'era praticamente nulla da fare, quasi tutti i pazienti erano in permesso» mi dice lei dopo aver posato il giubbino sulla sedia ed essersi seduta sul letto a fianco a me.
È così vicina che riesco a scorgere dei riflessi verdi nei suoi grandi occhi castani che mi guardano con fare sensuale. Poi allunga un braccio e mi sposta un boccolo ribelle che mi cade proprio sopra la fronte.
Quando la ritrae, mi faccio coraggio, e le prendo la mano. Restiamo così, per un tempo che sembra infinito, a chiacchierare a bassa voce, protetti dalle tende al riparo dagli sguardi curiosi di Claudio e Giulio.
«Si è fatto tardi, mi aspettano per cena» mi dice Elena guardando l'orologio «ma ci vediamo domani». E

mentre distrattamente recupera la giacca, si volta verso di me e mi da un delicato bacio sulle labbra.

32

«Signori, il percorso riabilitativo condotto qui in ospedale è da considerarsi concluso. Abbiamo fatto il possibile. Ora è necessario trasferire Valerio in una struttura specializzata nella deambulazione come Villa delle Rose. Secondo il nostro parere è il posto migliore per Valerio in questo momento», dice la dottoressa rivolta verso di noi dopo averci fatto accomodare nel suo ufficio.

Assieme a me ci sono i miei genitori.

«Ma io ho sentito di altri centri più all'avanguardia» le risponde nervosamente mia madre.

Sono stanco di questo reparto e di discutere con i dottori e lascio che siano loro a sostenere la conversazione con la dottoressa. L'unica cosa che desidero è di andarmene da qui al più presto.

«Le assicuro che lì si troverà benissimo» riprende la dottoressa, «la struttura ha molti anni di esperienza in questo campo, ci sono persone molto preparate e cosa da non sottovalutare è vicino alla vostra abitazione, per cui sarà comodo per voi e per i suoi amici andare a trovarlo spesso e potrà tornare facilmente a casa nei weekend».

«Ma noi vogliamo il meglio per nostro figlio», interviene mio padre, «siamo disposti a fare tutti i sacrifici che servono pur di vederlo tornare a camminare. E se questo significherà portarlo in una clinica dall'altra parte del mondo, lo faremo».

«Signor Montini», dice la dottoressa con modi gentili e pacati di chi si trova abitualmente nella situazione di dover convincere e persuadere genitori ostinati che non vogliono accettare la realtà dei fatti, «in questo momento non esistono cure miracolose per Valerio. Sono passati mesi e la condizione clinica che troviamo non ci fa pensare ad un possibile recupero. Sarebbero soldi, energia e tempo sprecati ad inseguire false speranze in America o in Svizzera. La nostra idea è che a Villa delle Rose possa iniziare un percorso per imparare ad utilizzare dei tutori fatti su misura per lui che gli consentiranno di stare in piedi e, all'occorrenza, fare dei piccoli passi».

Io ascolto silenzioso come uno spettatore, desideroso di poter cambiare canale ma impossibilitato a farlo.

La conversazione dura ancora un po', nonostante non ci sia più nulla di importante da dire. Per me è tutto chiaro ma i miei genitori hanno bisogno di fugare ogni dubbio ed essere certi di prendere in considerazione tutte le possibili soluzioni.

«Allora è deciso», conclude la dottoressa dopo un po' alzandosi in piedi e accompagnandoci alla porta, «il tempo di preparare tutta la documentazione necessaria e provvederemo al trasferimento».

«Grazie Dottoressa», rispondiamo all'unisono certi di aver compreso che questa sia la scelta migliore. Ma uscendo da quella porta e guardandoci negli occhi non ci sembra più così e siamo di nuovo assaliti dai dubbi.

33

Tra due giorni è Natale e in vista delle feste i miei permessi per uscire si fanno sempre più frequenti.

Questa mattina sono venuti Sara e Cristiano a prendermi all'ospedale e prima di andare alla messa domenicale, che ho ripreso a frequentare con regolarità, ci siamo dedicati una pausa al bar. Fare colazione insieme è diventata quasi un'abitudine, un modo per riappropriarsi di certe vecchie usanze che danno una parvenza di normalità e, allo stesso tempo, utili per gratificare un po' il palato dopo la settimana passata a brodaglie al gusto di caffè.

Nell'intravedere Monica, una nostra compaesana, passeggiare lungo la strada in direzione della chiesa, mi viene in mente Pietro, suo marito, anche lui ricoverato da diversi mesi in ospedale, così, varcando la porta del bar, chiedo in confidenza a Sara e Cristiano: «è da un po' che penso a Pietro, voi sapete come sta?»

«Da quel che so, non molto bene» mi dice lei con lo sguardo preoccupato mentre di fronte al bancone ordiniamo tre cappuccini e tre brioche alla crema. «In questo periodo sembra molto affaticato e anche demoralizzato».

«Mi piacerebbe tanto andare a trovarlo» dico senza pensarci troppo e individuando un tavolino dove prendere posto. Il bar è frequentato dai parrocchiani che prima della funzione hanno avuto la nostra stessa idea.

Così nel dirigermi verso il piccolo tavolino mi fermo a salutare alcuni di loro che nel vedermi mi chiedono come sto.

Una volta preso posto al tavolo Cristiano prosegue: «anche noi non siamo ancora andati a trovarlo da quando è ricoverato».

Pietro è un uomo poco più che cinquantenne, marito e padre di famiglia molto conosciuto nella nostra comunità.

Il cameriere arriva e posa sul tavolino le tazzine con la nostra colazione. Poi Cristiano riprende: «se vuoi potremmo passare in ospedale da lui questa sera, dovremmo farcela con gli orari di visita».

Ho conosciuto Pietro diversi anni fa quando assieme creammo all'interno della sagra paesana un piccolo spazio dedicato e gestito dai giovani. Ci appassionammo a questo progetto, non senza difficoltà e qualche attrito legato, sia alla differenza di età, sia ai nostri caratteri decisi e a volte un po' troppo rigidi. Ciononostante, ci legò sin da subito una stima reciproca.

Persona con un cuore grande, a volte un po' scontroso e irritabile, a modo suo si è sempre prodigato e messo a disposizione del prossimo.

Il destino però ha voluto che il suo cuore, oltre ad essere grande e generoso verso gli altri, fosse anche troppo fragile e debole, al punto tale da aver bisogno di un trapianto per poter continuare a vivere. Da mesi è ricoverato in ospedale, giorno più giorno meno da quando anche io ho subìto l'incidente, ma dopo un paio di interventi non andati a buon fine, a causa di incompatibilità con il donatore, le sue condizioni si stanno velocemente aggravando e necessita di un cuore nuovo al più presto.

Lo ricordo l'estate scorsa con il fiatone e quell'aria sconsolata di chi sa di non poter essere di grande aiuto. Nessuno di noi però aveva capito quanto potesse essere grave la situazione. Nel giro di poche settimane il destino ha giocato a entrambi un brutto scherzo e ci ha messo davvero alla prova.

Io, nonostante tutto, sono riuscito a lottare con energia grazie alla presenza di tanti amici e a un corpo che ha reagito positivamente. Per Pietro deve essere molto più difficile, ogni minuto che passa il suo fisico si indebolisce e di conseguenza anche il suo spirito.

«Ci pensate dover attendere che qualcuno muoia per poter ricevere un cuore nuovo?» dico attraversando la piccola piazza nel freddo invernale di una giornata senza sole. «Come si fa a pregare Dio di poter essere presto operato senza pensare che in un qualche modo si sta pregando lo stesso Dio di far morire qualcuno?»

Ci fermiamo in prossimità delle strisce pedonali per far passare una macchina e Cristiano che fino a quel momento era rimasto silenzioso mi guarda e dice: «è difficile trovare delle risposte a quello che vi è successo, a volte sembra non esserci un perché agli eventi della vita, ma forse il disegno di Dio è così grande che noi non riusciamo a comprenderlo. Però entrambi mi state insegnando che nonostante non sia comprensibile fino in fondo, si possa accettarlo e viverlo quasi con gratitudine».

«Non sono certo di essere grato a Dio per quello che mi è successo» gli rispondo laconico attraversando la strada.

«Forse non te ne rendi conto, ma da fuori si vede

come tu stia affrontando questa disavventura senza lamentarti o disperarti. Certo, con i tuoi sbalzi di umore e le tue legittime incazzature. Ma ci stai mostrando quali siano i valori importanti della vita e a guardare oltre i nostri limiti. Ci stai facendo vedere che si può coltivare l'ottimismo e avere fede. E lo stesso sta facendo Pietro con la sua attesa silenziosa, piena di dignità».

«Onestamente a me non sembra di fare tutte queste cose, o almeno non con questo intento» gli dico con un sorriso forzato, «sto solo cercando di resistere a quello che mi è successo».

Cristiano apre le porte della chiesa per farmi entrare e mette ufficialmente fine alla nostra conversazione. Nessuno di noi se la sente di rompere il silenzio che si è creato.

Non avevo mai pensato come l'esperienza che sto vivendo non sia solo una questione privata, ma coinvolga tutte le persone che mi stanno intorno e mi vogliono bene. Sicuramente ciò che è successo le ha scosse al tal punto da interrogarsi loro stesse sul significato di tutto questo.

Quando Pietro mi vede entrare non riesce a trattenere le lacrime e senza dire nemmeno una parola inizia a piangere come un bambino.

Non avevo pensato all'effetto che gli avrei fatto presentandomi di sorpresa. Dopotutto non ci vediamo da prima dell'incidente e nonostante si tenga informato sulle mie condizioni, deve essere stato sconvolgente per lui vedermi seduto su una carrozzina.

È pallido, visibilmente dimagrito, con gli occhi spenti

e dà l'impressione di essere molto fragile. Nel guardarlo provo una gran tenerezza.

«Ciao, Pietro» gli dico con tutto l'entusiasmo che ho. Non voglio cedere alla commozione e vorrei trasmettergli, per quel poco che sono in grado, un po' di coraggio. Le mie parole lo emozionano ulteriormente, tanto che nel salutarmi riesce a balbettare solo dei suoni indistinti.

«Come stai, Pietro? Guarda che i ragazzi della sagra hanno bisogno di noi. Ho già chiesto agli organizzatori di far predisporre delle belle rampe per la mia carrozzina, così potrò spillare comodamente la birra da dietro il bancone. Per te chiederò una bella poltrona: te ne starai comodamente seduto a riposare ogni volta che ne avrai voglia» gli dico senza riuscire a trovare argomenti migliori di conversazione.

«Sono stanco, Valerio, tanto stanco» mi dice con la voce rotta dal pianto, mentre molto lentamente aiutato dalla moglie Monica cerca di alzarsi dal letto e avvicinarsi a me. È evidente come la stanchezza che lamenta non sia solo legata al suo fisico debilitato: è qualcosa di molto più profondo. Un sentimento che comprendo benissimo e che somiglia terribilmente alla solitudine dei miei primi giorni di ricovero.

Mi abbraccia.

Ci abbracciamo.

Se in questi mesi le mie braccia si sono rinforzate e le mie spalle si sono aperte per effetto delle spinte che ogni giorno devo dare alla carrozzina per muovermi da una parte all'altra dell'ospedale, lui sembra essersi raggrinzito, quindi devo stare attento a non stringerlo troppo forte per non fargli male. Quando tenta di staccarsi da me, torna subito a riabbracciarmi. Mi abbraccia ripetutamente per tre volte, come se dal contatto fisico stesse assorbendo l'energia che gli manca e di cui sente il bisogno.

Alla fine ci stacchiamo l'uno dall'altro. Ho l'impressione che nei suoi occhi si sia riacceso qualcosa. Non so dire di cosa si tratti, se speranza, voglia di vivere o coraggio, ma non sono gli stessi occhi con i quali mi ha accolto al mio arrivo pochi minuti fa.

«Ce la faremo, Pietro» gli dico nel tentativo di alimentare quella scintilla che ho appena visto brillare e che sono convinto lo aiuterà a reagire e ad affrontare positivamente il periodo di attesa che lo separa dall'operazione.

«Ce la faremo» dice lui con voce fioca e un atteggiamento questa volta un po' più combattivo.

34

Il rientro in ospedale dalle festività di Natale è stato un po' traumatico. Più tempo trascorro tra le mura di casa e meglio sto, mentre l'idea di tornare qui in ospedale comincia a darmi la nausea. La cosa positiva è che tra un paio di giorni uscirò di nuovo in permesso per l'ultimo dell'anno.

«Claudio, come hai trascorso il Natale?», gli chiedo dopo essermi congedato dai miei genitori.

«Benone, anche se siamo un po' in ansia perché secondo i calcoli Desirée dovrebbe nascere con diverse settimane di anticipo. Proprio oggi mentre mi preparavo a tornare in ospedale ecco che a Chiara si sono rotte le acque».

«Quindi Chiara è in Pediatria? Come sta?»

«Sì, per fortuna il medico dice che non ci saranno problemi. Credo sia questione di ore. Sono qui con il telefonino in mano in attesa di ricevere aggiornamenti. E il tuo, di Natale, come è andato?»

«Uno spettacolo» gli rispondo con animo leggero e felice di sapere che presto nascerà la piccola. Dopo essermi posizionato meglio sul letto gli racconto i fatti salienti di questi giorni. Gli racconto di essermi vestito da Babbo Natale anche dopo la messa di mezzanotte al mio paese e di aver suscitato l'ilarità generale di tutti i miei compaesani. Di aver mandato una foto a Pietro vestito così e di aver ricevuto da parte sua un messaggino con scritto "Che pazzo meraviglioso".

Mi ha talmente emozionato ricevere quel messaggio che ogni volta nel rileggerlo me lo immagino lì solo nella sua camera a guardare la mia foto e ridere sotto i suoi lunghi baffi bianchi. «Sono certo che ce la farà e torneremo a fare panini insieme alla sagra» dico a Claudio pieno di ottimismo.

«E io verrò sicuramente a bere e mangiare» mi dice lui con entusiasmo.

«Sì. Spingendo il passeggino di Desirée mentre Chiara spinge la tua carrozzina. Sarete un trenino bellissimo» gli rispondo ridendo.

Mentre scherziamo allegramente vedo entrare come una matta una signora di circa sessant'anni che non conosco. Bassa di statura, un po' in carne, dai capelli corti di un colore argento. Sono le nove e mezza di sera ed è insolito che qualcuno possa entrare in reparto a quest'ora, anche solo a far visita a qualcuno. Si dirige con fare sbrigativo e agitato verso il letto di Claudio e solo in quel momento per associazione di idee intuisco che si tratta della madre di Chiara.

«Muoviti! Sta per nascere!» gli dice senza salutare e senza dargli nemmeno il tempo di mettere a fuoco cosa stia succedendo. Quasi strattonandolo, lo aiuta a mettersi a sedere sul letto per poter poi fare il trasferimento in carrozzina.

«Devo vestirmi prima» risponde lui in un attimo di lucidità dopo essere stato investito da quell'uragano di suocera. Non capisco se è più tramortito dai modi della donna o dal messaggio che porta.

«Signora, lo aiutiamo noi» dice con fare deciso un'infermiera entrata in camera pochi istanti dopo quasi inseguendola. «Lei vada pure, Claudio lo accompagniamo noi» dice sempre rivolta verso la signora liberando Claudio dalle grinfie della donna.

«Mia figlia sta partorendo, sto diventando nonna, Claudio muoviti se vuoi vedere tua figlia nascere» dice in balia dell'agitazione la donna uscendo, quasi correndo fuori dalla stanza in preda a un'isteria incontrollata.

«Grande, Claudio! Diventerai papà» gli dico per fargli coraggio nel vederlo ancora un po' inebetito.

«A quanto pare» mi risponde lui indaffarato a infilarsi i pantaloni e a scendere dal letto. Poi prima di avviarsi si gira verso di me guardandomi con quegli occhi azzurri e profondi in cui scorgo un misto di paura e di infinito amore e mi chiede, quasi per trovare il coraggio: «allora, vado?»

«Vai, non perdere tempo».

La mattina, dopo parecchie ore di travaglio, Claudio visibilmente stanco per la notte passata in bianco rientra in camera spinto dall'infermiera.

«È nata?» gli chiedo pieno di eccitazione non stando più nella pelle dall'emozione.

«Sì, due chili e otto. E sta benissimo» mi dice con entusiasmo.

«Non vedo l'ora di vederla» gli dico curioso.

Claudio inizia a rispondere a tutte le mie domande. Non smette di parlare, sembra animato da una forza incontenibile. Dopo un po' però stremato si distende a letto e prende sonno all'istante. Io invece mi sento euforico. L'idea che la vita possa essere più forte di tutto mi riempie il cuore di gioia e mi infonde un'enorme fiducia nel futuro.

Il telefonino posato sopra al comodino a fianco del letto notifica l'arrivo di un messaggio. È molto presto per cui incuriosito afferro il cellulare per scoprire chi mi scrive a queste ore. Il messaggio è di Monica e dice: «questa notte Pietro ci ha lasciati».

Nel leggere e rileggere incredulo queste poche parole sento le lacrime rigarmi le guance. Forse pensavo che con il mio piccolo e insignificante gesto avrei potuto davvero salvargli la vita e modificare il corso degli eventi?

Mi ritrovo a guardare il soffitto mentre immagino Pietro guardarmi da lassù, sereno e finalmente tranquillo dopo tanti mesi di tribolazioni. Riprendo il telefonino che ho posato accanto a me sul letto e cerco la nostra ultima conversazione nella quale aveva scritto: "sei un pazzo meraviglioso".

Mi lascio andare a un pianto pieno di tensione, stress e dolore. Le sue parole mi risuonano come un testamento morale. Forse è proprio così che dovrei vivere. Con entusiasmo e intensità ogni giorno. Anche se agli occhi degli altri potrò sembrare solo un pazzo.

Asciugandomi le lacrime vedo Claudio che dorme beatamente sul suo letto e penso a Pietro – che ci ha lasciato proprio il giorno in cui Desirée è comparsa in questo mondo – e che ha lottato con tutte le sue forze aspettando la morte di qualcuno per poter continuare a vivere, mentre quel qualcuno era ancora fortemente attaccato alla propria vita per cederla a lui.

Destini e vite che si intrecciano come i passi di un valzer dalla melodia sconosciuta, ma incessante, come la musica che sento suonare nella mia testa.

35

«A che ora abbiamo l'appuntamento?» chiede mia madre con il fiatone mentre si fionda dentro la stanza d'ospedale reggendo in mano guanti e sciarpa di lana. A guardarla sembra aver fatto le scale di corsa per quanto è sudata.

«Papà è giù che cerca parcheggio» prosegue «come al solito non è mai puntuale».

«Mamma, non ti preoccupare» le dico cercando di tranquillizzarla. «Vi conosco bene e vi ho detto di venire con un'ora di anticipo sulla tabella di marcia. Avevo già previsto tutto. Per cui se non ci sono altri imprevisti arriveremo puntuali».

Mi guarda di sbieco e non comprendo se la cosa la faccia di più arrabbiare o se la sollevi, ma non bado a lei e la precedo nel corridoio in direzione dell'ufficio degli infermieri per firmare il permesso di uscita, pensando che sarà una delle ultime volte dato che tra una settimana verrò definitivamente trasferito a Villa delle Rose.

In macchina affrontiamo il viaggio in un clima teso e silenzioso. Guardo quasi ipnotizzato i tergicristalli muoversi ritmicamente. Il parabrezza tende ad appannarsi. Quella sorta di entusiasmo adrenalinico che avevo solo pochi minuti fa in reparto mentre aspettavo che venissero a prelevarmi si è immediatamente dissolto appena sono salito in auto.

L'esame che sto andando a fare lo conosco bene. Ne

ho fatto uno uguale solo sei giorni fa al reparto del piano superiore. Oggi invece mi recherò da un altro specialista in una struttura esterna e più mi avvicino e più aumenta la preoccupazione che il verdetto di oggi possa essere lo stesso della settimana scorsa. Per qualche strana ragione sono convinto che l'esame che mi hanno fatto sia stato condotto in maniera del tutto superficiale, e sono fiducioso che questa volta l'esito sarà completamente diverso.

Ne va del mio futuro e della speranza che ancora nutro di tornare a camminare. In questi mesi ho capito che non tutti i verdetti sono definitivi e non tutti gli esami possono con certezza prevedere le reali possibilità di recupero di un paziente. Ma se per una volta anche la scienza fosse dalla mia parte, affronterei il futuro senza sembrare agli occhi di tutti un povero illuso che non riesce ad accettare la realtà.

«Come funziona questo esame?»

È mio padre a rompere il silenzio cercando di fare conversazione. Naturalmente è la domanda sbagliata al momento sbagliato che mi getta in uno stato di nervosismo e agitazione. Non rispondo subito per non rischiare di sembrare scortese, poi, seppur malamente e di pessimo umore, dico: «è lo stesso di giovedì scorso. Devono verificare se le connessioni nervose che portano gli impulsi dal mio cervello ai vari muscoli delle gambe sono ancora buone e in grado di far arrivare il segnale. Un po' come nel nostro lavoro quando un cavo viene tranciato oppure danneggiato e il segnale elettrico arriva disturbato o peggio ancora non arriva proprio». Per farmi capire cerco di utilizzare esempi a noi vicini.

«Ho capito» dice pensieroso. Fa una pausa e poi

insiste: «e perché lo stai rifacendo se lo hai già fatto la settimana scorsa?» La domanda è tanto elementare quanto disarmante.

«Si tratta di un esame molto importante e vorrei il parere di un altro esperto».

Non sembra convinto e senza pensare troppo alla domanda né alle sue conseguenze, insiste: «e se il segnale non dovesse arrivare?» Ma conoscendolo starà sicuramente immaginando cosa farebbe lui nell'eventualità che questa situazione si presentasse nel nostro lavoro. Sono sicuro che proverebbe a sfilare i vecchi cavi per passarne di nuovi, ma nel mio caso questa possibilità non è realizzabile.

Piombo nello sconforto più totale e mi chiudo nel silenzio, riprendendo a rivolgere lo sguardo assente verso le sagome che si intravedono attraverso il finestrino appannato.

Sono passati sei mesi dall'incidente e a forza di sentirmelo ripetere ho imparato che è il periodo necessario affinché – da manuale di letteratura medica – lo shock midollare avvenuto a seguito del danno alla colonna si esaurisca. Per me sono stati sei mesi vissuti con trepidazione e speranza. Speranza che, se ci penso ora, non so come sono riuscito a tenere viva così a lungo.

Nonostante tutto, da quel primo timido segnale, il mio corpo ha dato segni di reagire meglio e più di quanto i medici non si aspettassero. Ma sempre molto meno di quanto sperassi io. Quell'isolato movimento dell'alluce mi ha dato la forza per continuare a provarci e sperare che uno dopo l'altro anche tutti gli altri muscoli si sarebbero potuti risvegliare, come per magia. Qualcosa si è effettivamente riattivato: sono riuscito con molta fatica e con risultati incerti a contrarre i glutei, attivare gli addominali, avere qualche flebile segnale di vita da qualche altro muscolo sparso qua e là. Tutti progressi che per quanto importanti si sono rivelati del tutto marginali per un auspicabile ritorno al cammino.

«Siamo arrivati» dice mio padre svoltando all'interno del cancello del grande ospedale della città.

«Vedrai che andrà tutto bene» dice mia madre dal sedile posteriore.

Non doveva dirlo. Questa frase mi manda in escandescenza. Anziché calmarmi mi agita ancora di più, e le urlo che lei non può sapere se andrà bene o male, che lei non sa nemmeno come si svolge l'esame e che non può capire cosa sto provando. Mi pento immediatamente di aver reagito così. Ma la verità è che ho una paura tremenda.

Trovare parcheggio sembra impossibile. Per farci scendere mio padre si ferma davanti alla porta di ingresso dello stabile lasciando momentaneamente la macchina in doppia fila con le quattro frecce accese.

Piove a dirotto, fuori e dentro.

Per scaricare la carrozzina ci inzuppiamo tutti, e mentre aspettiamo l'arrivo di mio padre, che nel frattempo si è allontanato con la macchina, ci scaldiamo con un bicchiere di cioccolata calda che prendiamo da un distributore automatico.

Improvvisamente il tempo sembra essersi fermato. I pochi minuti in attesa del nostro turno sembrano durare delle ore. In segreteria ci indicano dove dirigerci per raggiungere l'ambulatorio medico e io, preso da una foga incontrollabile, accelero e spingo velocemente la carrozzina lungo i corridoi per non perdere altri secondi preziosi che mi separano dal verdetto. Dietro a me sento i miei genitori cercare di tenere il passo. Raggiunto l'ambulatorio non ci resta che aspettare di essere chiamati e di nuovo il tempo sembra fermarsi.

L'atmosfera si fa pesante e nessuno di noi osa rompere il silenzio. I miei genitori comprendono la mia agitazione e il mio stato d'animo, e sanno bene che qualunque cosa detta in questo momento finirebbe per farmi scattare. E per fortuna tacciono.

In realtà una parte di me vorrebbe che dicessero qualcosa, così da trovare un pretesto per arrabbiarmi e scaricare fuori tutto il nervosismo e la rabbia che ho accumulato dentro.

«Dammi la giacca che te la teniamo noi, è tutta zuppa e poi fa caldo qui dentro» dice timidamente mia madre mentre si avvicina e mi aiuta a spogliarmi. Proprio in quell'istante si apre una porta e ne esce una dottoressa in camice bianco.

Faccio segno ai miei genitori che preferisco entrare da solo e mi avvio. Disteso sul lettino la dottoressa mi fa togliere i pantaloni mentre si prepara a condurre l'esame.

«L'esame consiste nell'infilare dei lunghi aghi nelle gambe in corrispondenza dei vari fasci muscolari che vogliamo analizzare. A quel punto lei dovrà cercare di contrarre quel determinato muscolo e l'ago, che in realtà altro non è che una sonda, capterà se gli impulsi elettrici inviati dal suo cervello arrivano e con quale intensità. Potrebbe essere che se anche la gamba non si muove, il segnale molto debolmente arrivi ugualmente e sarebbe di buon auspicio per un possibile recupero» mi dice mentre la vedo armeggiare con una apparecchiatura piena di fili posta sopra ad un carrellino con le ruote che sposta in prossimità del lettino. «Tutto chiaro?»

«Sì, sì. Tutto chiaro, Dottoressa», rispondo sbrigativamente anche se, in realtà, tutto chiaro non è.

Non contraggo i muscoli delle gambe da mesi. Come faccio ora a comandare un determinato muscolo rispetto a un altro? Non sono certo di ricordarmi come si fa. Magari l'esame darà esito negativo solo perché il mio cervello si è confuso nell'inviare i segnali e non per colpa delle connessioni nervose del corpo. Sento il cuore battere sempre più forte. La dottoressa si siede accanto a me e afferra un paio di quegli aghi collegati alla macchina. Ne infila uno in un punto imprecisato delle mie gambe, senza che io mi renda conto esattamente dove. Rimango immobile, supino con lo sguardo rivolto al soffitto.

«Contragga il quadricipite destro» dice.

Con uno sforzo sovrumano mi concentro e cerco di muovere quel benedetto muscolo. Pesco dalla memoria ciò che più si avvicina all'impulso richiesto, ma in cuor mio non sono certo d'aver comandato al quadricipite di alzarsi o alla punta del piede di allungarsi o alla gamba di piegarsi. Sto facendo del mio meglio e nel dubbio continuo a contrarre con insistenza quel muscolo, qualunque esso sia.

«Va bene così» dice la dottoressa che estrae e infila l'ago poco distante dal primo affondo.

«Provi di nuovo».

Sento il volto contrarsi in una smorfia di fatica e quasi dolore, come se potessi, anche con i muscoli della faccia, spingere il segnale fin laggiù in fondo al mio corpo.

«Va bene così» ripete come un robot la dottoressa subito dopo.

«Ma non ho sentito lo strumento suonare...» le dico allarmato. Ho imparato dalla scorsa volta che il macchinario funziona un po' come quel gioco per bambini che suona quando vengono abbinati con due pennette i risultati corretti. Anche in questo caso se il macchinario dovesse intercettare un segnale emetterebbe un suono di intensità corrispondente al segnale captato.

«Proviamo con l'altra gamba» mi dice dopo aver annotato qualcosa su un foglio. La sua voce è ancora una volta distaccata e professionale.

Preso dal panico, comincio a sudare e d'un tratto le forze se ne vanno. Mi sento assalire da una grandissima stanchezza. Non voglio cedere e con un ulteriore sforzo mi concentro per contrarre almeno il muscolo della gamba sinistra. Provo e riprovo a ogni affondo di ago, ma tutto è calma piatta, immobilismo, silenzio.

La dottoressa quasi noncurante del fatto che quella infilzata non è una bambolina voodoo ma un essere umano con dei sentimenti e delle aspettative, prosegue l'esame inserendo e rimuovendo gli aghi, e prendendo nota con una matita su una scheda i risultati di ogni singola prova.

Quando esco dall'ambulatorio con il referto in mano trovo i miei genitori in febbricitante attesa. Incrocio i loro sguardi. Non serve nemmeno parlare, hanno capito tutto. Indosso la giacca e mi avvio affranto verso l'uscita.

Fuori dall'ospedale, mentre aspetto che mio padre mi raggiunga con la macchina, non trattengo più le lacrime. Iniziano a scorrermi lungo il viso e a confondersi con la pioggia. Una pioggia incessante dalla quale non riesco a sottrarmi e che mi bagna i capelli, il viso, le spalle, le gambe, la carrozzina.

Non ho nemmeno la forza per reggere l'ombrello e preferisco starmene qui immobile, cullando l'illusione che l'acqua che mi scivola addosso possa portare via con sé il disagio che provo. Cosa saranno mai due gocce di pioggia rispetto al destino che mi attende seduto su una carrozzina?

36

«Quella ragazza non mi piace affatto, l'hai vista quando è venuta a trovarlo la settimana scorsa? Sembrava si sentisse a casa sua, qui a casa nostra…che impertinenza!»

Posizionato dietro alla porta dai vetri fumé che divide la cucina dal salotto vedo la sagoma di mia madre passeggiare nervosamente. Non era mia intenzione origliare ma tornando dal bagno ho intercettato la conversazione dei miei genitori, che discutevano di me ed Elena, convinti che io fossi disteso sul divano a guardare un film.

«A me tutto sommato non sembra male», cerca di tranquillizzarla mio padre.

«Con quel suo fare da dottoressa, Valerio sembra fidarsi più di lei che di noi. E noi nemmeno la conosciamo».

«Non credo sia questo, credo piuttosto che si senta un po' in gabbia. Alla sua età avere i genitori che lo aiutano ancora a fare tutto come se fosse un bambino non dev'essere facile. Credo che voglia sentirsi libero e adulto. Gli è stato tolto tutto e ora vuole un po' alla volta tornare velocemente a essere grande, piacere alle ragazze, sentirsi accettato, essere indipendente».

Mi sento a disagio ad origliare ma non posso fare a meno di continuare ad ascoltare.

«A proposito di ragazze, ribatte lei, tra un'ora la

signorina verrà a prenderlo perché hanno organizzato un weekend alle terme insieme. Pensi che si daranno solo delle carezze?»

Spero proprio di no mamma, penso mentre sorrido e trattengo a forza una risatina nervosa. Spero proprio di no.

«Lascialo fare le sue esperienze» dice laconico mio padre sapendo che ormai è una battaglia persa.

«So già che lo farà soffrire, certe cose una madre le sente».

«Lascia che soffra, lascia che trovi la sua strada...»

Sento vibrare il cellulare. Per fortuna ho l'abitudine di tenerlo silenzioso, penso, mentre mi allontano dalla porta in direzione del divano per poter rispondere.

È Elena che mi dice che arriverà per le cinque e di farmi trovare pronto.

Ne avevamo discusso a lungo se fosse o meno una buona idea. Secondo il suo punto di vista fare della ginnastica in acqua termale mi avrebbe fatto bene. Anche prenotare una camera in albergo era stata una sua idea. Ha pensato a tutto lei e grazie alla sua intraprendenza e al suo modo di fare sicuro e rassicurante mi sono lasciato facilmente convincere.

Sarà la mia prima esperienza con una ragazza in questo nuovo corpo e non so proprio come il mio fisico potrebbe reagire. Se da un lato la cosa mi gasa da matti e non faccio che pensarci, dall'altro mi sta salendo un'ansia da prestazione che raramente ho sperimentato prima.

Valerio, mi sono detto per vincere le mie paure,

quando ti ricapita? È da mesi che non aspetti altro. *Carpe Diem* diceva il professore de "L'attimo fuggente" e così ho fatto. Ho colto l'attimo e accettato la sua proposta.

Nell'entrare alle terme mi sento impacciato, Elena mi aiuta ad affrontare il piccolo gradino dell'ingresso, poi mi spinge lungo il corridoio mentre io reggo il borsone sopra le gambe. Più che un appuntamento tra due fidanzatini a tratti mi sento l'anziano di turno accompagnato dalla fisioterapista a fare una seduta di ginnastica in acqua.

Elena però è comprensiva e cerca di non farmelo notare, anzi, mi aiuta nelle operazioni più complicate.

Il contatto con l'acqua calda è la cosa che mi preoccupa di più, soprattutto per quanto riguarda la possibilità di avere delle perdite urinarie, ma per fortuna l'impatto è meno traumatico di quanto mi aspettassi, e la mia vescica regge evitandomi situazioni imbarazzanti.

Molto diversa è la sensazione di trovarmi per la prima volta immerso in un fluido in una situazione di assenza di gravità. Aiutandomi con dei cilindri galleggianti che infilo sotto le ascelle, quasi mi sembra di stare in piedi, anche se a tutti gli effetti sotto l'ombelico le gambe, a peso morto, fluttuano senza che io possa controllarle. È Elena che, tirandomi dolcemente per le mani, mi da la sensazione d'essere tornato a camminare.

Dopo esserci mangiati un tramezzino distesi sui lettini vicino ad uno scoppiettante caminetto ci rilassiamo e chiacchieriamo fino a quando verso le dieci decidiamo di salire in camera.

«Sei comodo?» mi chiede Elena uscendo dal bagno.

Disteso sul letto di una ampia camera matrimoniale al terzo piano dell'albergo indosso solo un paio di boxer. Per un attimo mi viene da ridere pensando che per una volta sono vestito adeguatamente per l'occasione.

«Sto benissimo» le dico, mentre in realtà sono agitatissimo, e nonostante i miei sforzi per nasconderlo, sono certo di darlo palesemente a vedere.

Senza chiedermi altro si avvicina al letto e dopo essersi tolta l'accappatoio si distende al mio fianco.

È finalmente arrivato il mio momento, è finalmente arrivata l'ora della verità. Sono eccitato come un adolescente alle sue prime volte e fremo dalla voglia di fare l'amore con lei, ma guardando in basso non vedo alcun movimento dentro gli slip.

Vengo preso dallo sconforto e lei se ne accorge.

«Non ti preoccupare è tutto a posto. Sapevo che sarebbe stato così».

Forse lo sapevo anche io, anzi sono certo di averlo saputo, ma speravo sarebbe stato differente. Non trovo parole per risponderle e resto per un attimo in silenzio.

Lei quasi senza darlo a vedere si allunga verso il comodino, prende una pillola e me la porge.

«Prendi questa, vedrai che andrà tutto bene».

Ingurgito la pillola cercando di trovare una sicurezza che non ho.

Parliamo.

Quando Elena comincia ad accarezzarmi, pur non comprendendo molto di ciò che fa, vedo finalmente la reazione tanto desiderata.

È una cosa involontaria, che mi tranquillizza e mi fa tirare un sospiro di sollievo.

Lei ancora una volta se ne accorge, sembra leggermi nei pensieri, o forse semplicemente le mie espressioni sono solo molto eloquenti. Dopo essersi completamente spogliata ed avermi sfilato i boxer, molto dolcemente, si mette sopra di me. Fa tutto lei, si muove con delicatezza per non farmi male, con movimenti lenti e cadenzati.

Io non sento nulla ma l'eccitazione che provo, nonostante sia solo frutto della mente, mi dà la sensazione che potrei esplodere da un momento all'altro.

37

Da quando sono ricoverato a Villa delle Rose le visite di amici e parenti sono molto più rade e si limitano al massimo a due o tre alla settimana. È passato molto tempo dall'incidente ed è normale che il flusso incessante di parenti e amici si sia un po' esaurito. Rimane invece fisso l'appuntamento del giovedì sera con le mie amiche. Sara terminato di lavorare compra da mangiare al supermercato, e assieme a Stefania mi raggiungono in clinica dove passiamo come nostro solito la serata a ridere e scherzare. Ci è voluto poco perché facessero amicizia con tutti gli operatori della struttura. Ormai anche loro "sono di casa".

Per chi arriva dall'ospedale questo posto sembra davvero un angolo di paradiso. Immerso in un piccolo boschetto, sulla sommità dei colli, Villa delle Rose sorge all'interno di un antico monastero. Ristrutturato in maniera sapiente conservava ancora una parte del fascino originale.

La struttura è composta da più edifici, e io sono alloggiato al "castello", cosí chiamato per la sua forma caratteristica con la torre e i merletti. Poco più giù, la seconda struttura è denominata "il laghetto" per la presenza di una piccola pozza d'acqua. È un posto tranquillo, quasi contemplativo, che permette a chi lo desidera di immergersi nel silenzio, osservare la natura e cercare un po' di sollievo per l'anima.

Oggi è proprio una di quelle belle giornate di tardo inverno, ancora fresche ma soleggiate, e me ne sto assorto nei miei pensieri ad osservare il cielo limpido. Penso a quanto tempo è passato da quel maledetto giorno di quasi un anno fa e mi tornano alla mente le parole della zia "il tempo aggiusta ogni cosa".

Il tempo è un pensiero ricorrente, e a seconda dello stato d'animo che provo, assume le sembianze del mio miglior amico o del mio peggior nemico.

Oggi mi sento sereno. Oggi il tempo mi è amico.

Penso agli elementi nuovi che hanno preso incredibilmente forma nella mia vita in queste settimane: il trasferimento in questa nuova struttura, la bella storia d'amore che sto vivendo con Elena, la capacità di essere pressoché indipendente nello svolgere le attività di tutti i giorni, la presenza costante dei miei amici. Riesco a riconoscere i segni tangibili di un mutamento, una crescita, un'evoluzione.

Che ci sia allora qualcosa di vero nelle parole della zia? Forse il tempo da solo non basta, forse il segreto dipende da come siamo in grado di riempirlo il tempo. Se mi guardo indietro io ci vedo tanta fatica, lavoro e molte delusioni.

Quanto mi sono illuso in questi mesi di poter tornare il Valerio che ero prima e quanto invece ho sperato davvero di recuperare a camminare? Non lo saprei dire con certezza. Non saprei dire se ciò che mi ha animato sia stata l'illusione o la speranza, o se dentro di me invece non sia andata in scena una vera propria lotta tra i due sentimenti.

Rifletto a fondo su questo pensiero arrivando a supporre che la differenza sostanziale stia nel fatto che l'illusione ci porti ad attendere passivamente qualcosa che probabilmente non arriverà mai. A idealizzare un concetto o un obiettivo. O, peggio ancora, ci faccia credere di avere determinate caratteristiche o capacità per le quali sicuramente avremo successo. La speranza invece va alimentata con il sacrificio e il lavoro. Va ricercata e si basa sul desiderio, non tanto di ricevere qualcosa, ma di poterlo raggiungere.

Ripenso a quando passavo le giornate in ospedale a guardare chi stava peggio di me e mi convincevo che avrei avuto una sorte migliore della loro solo perché lo avevo deciso io. Che illuso.

Ma allo stesso tempo quanto mi sono impegnato in palestra per cercare di recuperare anche solo la possibilità di riuscire a mangiare senza sporcarmi. Quante volte guardandomi le gambe immobili e addormentate mi sono detto, Valerio, pensa a quante cose ancora puoi fare nella tua nuova condizione e non a quello che non puoi più fare. Ma quante di quelle volte ci ho creduto davvero? Fino a quando non ho fatto quelle due maledette elettromiografie una parte di me continuava ad illudersi d'essere diverso da tutti gli altri. Che come per magia, scattata l'ora X, sarebbe tornato tutto come prima.

Ma non è stato così.

Vedo sopra di me la sagoma di un aereo passare e ne seguo la scia, osservandolo mentre si allontana fino a scomparire dalla vista. Immagino le persone al suo interno dirigersi verso nuove mete, un po' come me, diretto chissà dove, sul volo della mia vita. E penso istintivamente all'incidente, all'inizio di questo nuovo viaggio, al fatto che non posso scendere, tornare indietro, fare finta che non sia mai successo. Devo semplicemente accettare che qualcosa di me se ne è volato via per sempre.

I pensieri ora vagano liberi senza che io riesca a controllarli e mi tornano alla mente le parole di chi mi diceva che prima avrei accettato tutto questo, prima avrei trovato il modo di ritornare a stare meglio. Accettare il cambiamento? È forse questo il segreto? Chissà se riuscirò mai a comprendere fino in fondo questi concetti e a farli miei, penso quasi in un momento di sconforto. Quanto mi piacerebbe avere fiducia nel futuro senza sembrare un povero illuso.

Guardo l'orologio e mi rendo conto che sono già in ritardo per l'ora di fisioterapia. Sblocco i freni della carrozzina e mi dirigo verso il castello.

38

Entro in palestra e saluto due fisioterapiste che stanno riordinando e preparando per l'arrivo dei vari pazienti.

Da alcune settimane mi sono arrivati i nuovi tutori che mi consentono di deambulare, seppur con molta fatica e solo per pochi minuti al giorno. Ma sono convinto che con l'esercizio le cose possano migliorare e non vedo l'ora di mettermi al lavoro.

Antonio, il coordinatore dei fisioterapisti, mi aveva avvisato che per imparare sarebbero stati necessari molta pazienza e un lungo lavoro, ma onestamente pensavo fossero frasi di circostanza e che, ancora una volta, nel mio caso sarebbe stato differente.

Ma mi sbagliavo.

Per fortuna pazienza e tenacia non mancano e davanti a me ho tutto il tempo necessario, penso mentre mi avvicino al lettino disteso sul quale potrò indossare i miei ingombranti tutori.

Tornare a stare in piedi è stato l'unico pensiero che mi ha tenuto in vita in tutti questi mesi. Tornare a guardare il mondo da lassù, camminare, fare le scale, magari correre un giorno, e perché no, dare un calcio ad un pallone.

Ma per farmi capire che stavo sognando, Antonio con il suo fare cinico e disilluso, mi aveva riportato subito "con il culo sulla carrozzina", sentenziando che i tutori non mi avrebbero permesso di camminare come ero abituato, ma che avrei sempre avuto bisogno di un deambulatore e avrei potuto farlo solo poche ore al giorno.

Sulla cinquantina, alto, magro, giovanile, Antonio ha una grande esperienza nel campo riabilitativo da lesioni midollari e, a causa del suo modo poco empatico di rapportarsi con i pazienti, ho avuto qualche scontro con lui in queste settimane. In un'occasione il nostro diverbio è stato anche molto duro. Abbiamo discusso animatamente sull'opportunità o meno di tentare approcci differenti anche quando questi sembrano non dare i risultati sperati. Lui convinto che se una cosa non serve è inutile provare a farla, io che sostenevo che talvolta potrebbe essere necessario sbattere la faccia contro la realtà piuttosto che lasciare qualcosa di intentato. Anche perché sono sempre più convinto che gli esercizi riabilitativi si fondano con gli aspetti psicologici tanto da diventare parte integrante del processo riabilitativo stesso.

Ma nonostante la nostra diversità di vedute ci lega una stima reciproca, e Antonio – dall'alto della sua esperienza – ha velocemente imparato a utilizzare in modo vantaggioso questa mia caparbietà: quando non riesce ad avere la meglio sulla mia ostinazione con le argomentazioni, pur sempre sotto la sua supervisione, mi lascia provare, così che sia io stesso a scontrarmi con la realtà.

Intento nelle mie riflessioni mi sposto sul lettino, tolgo le scarpe e rimango in attesa di Antonio, che vedo entrare in palestra.

Le operazioni per indossare i tutori sono come

sempre lunghe e delicate anche se ormai abbiamo preso una discreta manualità. Il tutore è una sorta di gabbia metallica che mi avvolge la gamba ed ha una suola alla base che infilo all'interno della scarpa. Sui lunghi traversi metallici che salgono fino all'anca sono agganciate delle fibbie che si devono avvolgere e stringere attorno alla gamba in modo da far aderire tutta la struttura al corpo. Per sedermi esiste uno sblocco al ginocchio che mi permette di piegare le gambe per non tenerle sempre dritte.

Una volta che con l'aiuto di Antonio mi sono portato in posizione verticale afferro saldamente il deambulatore e sono pronto per iniziare l'addestramento, che consiste nel camminare avanti e indietro per la palestra. Sembra tutto facile se non fosse per la fatica che richiede questo esercizio e per il fatto che questo movimento tutto sembra, tranne che un vero e proprio cammino.

Dopo aver compiuto alcuni giri mi fermo per riposare e gli chiedo: «come procede secondo te l'addestramento?»

«Stiamo facendo ottimi progressi», dice con fare convinto.

Io non sono dello stesso avviso, anzi, credo proprio che tutta questa fatica sia ingiustificata e per questo gli mando un'occhiataccia talmente eloquente da non dover aggiungere parole.

«Non devi pensarli come ausili funzionali ma piuttosto come ausili terapeutici», mi risponde lui avendo compreso benissimo cosa mi passa per la testa. «Ora però riparti che hai riposato abbastanza».

«Va bene, ma almeno spiegati meglio» gli dico mentre faccio scivolare in avanti il deambulatore e mi appresto a fare il movimento di anca che mi permette di far avanzare la gamba destra.

Mi spiega che per quanto i tutori che abbiamo fatto costruire su misura mi permettano di stare in piedi e muovere qualche passo, ben poco mi aiuteranno nello svolgimento delle attività quotidiane che ero abituato a fare. Quello che stiamo facendo non è l'addestramento a un vero e proprio cammino, ma a qualcosa che si sostituisce all'esercizio di verticalizzazione statica che quotidianamente sono solito fare e che risulta utile per tutta una serie di motivi, tra i quali la conservazione della salute ossea e la regolarità delle funzioni intestinali.

«In pratica mi stai dicendo che non tornerò a camminare nemmeno con i tutori?» tuono fermandomi nuovamente, questa volta non per riprendere fiato.

«Sto dicendo che camminare con i tutori è poco pratico».

«Lo vedo».

«E alla lunga ti stancherai di provarci e li utilizzerai solo di tanto in tanto per fare esercizio».

«Non credo».

«Di ragazzi come te ne ho visti tanti».

«Non come me».

«Volenterosi e desiderosi di rimettersi in piedi. Ma con il tempo i tutori sono finiti in qualche sgabuzzino a prendere polvere».

«Non sarà il mio caso. Io sono sicuro che prima o poi ce la farò. Riprendiamo con l'allenamento», dico con un moto di orgoglio ricominciando a deambulare.

Vedo nei suoi occhi uno sguardo di amorevole compassione che non gli avevo mai visto prima e che non pensavo potesse appartenergli. È un lampo fugace che sparisce subito, ma che vale molto più di tante parole.

«A volte quando ti guardo mi sembri un leone in gabbia. Hai una forza e un'energia incredibili ma non riesci ancora ad accettare i limiti della tua nuova condizione» mi dice con fare quasi paterno. «Per oggi abbiamo finito, è tempo di terminare la seduta. Fatti aiutare da una delle fisioterapiste per togliere i tutori. Io ho un appuntamento nell'altro reparto. Ci vediamo domani» e con fare eccessivamente sbrigativo mi saluta e si dirige verso l'uscita. Se non lo conoscessi abbastanza giurerei di aver sentito una nota di commozione nella sua voce.

39

Sento vibrare il telefono. È una cosa insolita perché qui non c'è mai campo, specialmente in una giornata di maltempo come oggi. Mi allontano dal caos della sala bar mentre sul display vedo comparire il nome di Elena. Rispondo con entusiasmo chiedendole come sta.

Come prevedibile la conversazione è fortemente disturbata ed Elena e io non riusciamo a sentirci. Sono costretto a spostarmi lungo il corridoio per raggiungere quello che ho individuato essere il posto di tutta la clinica con più campo.

Quando finalmente riesco a riprendere la linea provo nuovamente a chiederle come sta ma la sua voce mi giunge quasi distaccata. Sicuramente è l'effetto della cattiva ricezione e io proseguo a tartassarla di domande. La conversazione continua per qualche minuto con interruzioni continue e continue richieste di ripetere questa o quella affermazione. La cosa mi innervosisce parecchio perché vorrei raccontarle dei tutori, dei progressi nella camminata ma soprattutto programmare cosa fare insieme nel weekend, ma così non ha molto senso.

«Quando passi qui a trovarmi?» le chiedo dopo alcuni minuti.

Elena non risponde. Guardo il display immaginando sia caduta la linea, ma il telefono segna ancora due tacche.

«Valerio devo dirti una cosa».

«Cosa succede?»

Altra pausa. Questa volta non è la linea, ne sono certo.

«Non ci vedremo nel weekend».

La sua voce è fredda, e nemmeno questa volta è dovuto alla cattiva ricezione.

«Ok» le dico mentre il sorriso beota che ho stampato sulla faccia si trasforma in una smorfia di disappunto. Dissimulo a fatica la mia inquietudine e resto in silenzio.

«Mi senti?»

«Perfettamente».

«Ti stavo dicendo che sabato e domenica purtroppo devo vedermi con un amico. Sai com'è…»

No. Non so com'è. E temo di non volerlo nemmeno sapere. Ma per la seconda volta non trovo le parole per risponderle e taccio.

«È difficile da dire ma temo che questa cosa tra me e te non possa più funzionare… Valerio sei ancora lì?»

«Sì», rispondo tramortito come se avessi ricevuto un pugno allo stomaco che mi lascia senza respiro.

Vorrei tanto che la conversazione cadesse d'improvviso per interrompere il lungo monologo che si è preparata e che quasi non ascolto, ma stranamente ora il telefono prende quattro tacche. Mai che si possa fare affidamento sulla tecnologia quando serve.

Mi sta vomitando addosso le solite cazzate: «meglio così… non può funzionare… ci ho pensato tanto… per il tuo bene…»

Mentre le sue parole attraversavano l'etere per giungere come suoni incomprensibili al mio orecchio penso a questi mesi trascorsi insieme.

Per la prima volta dopo l'incidente ho condiviso con lei la mia intimità. Ne avevamo parlato, io ero timoroso di non riuscire a provare piacere o ancora peggio di non darne. Ma lei è sempre stata paziente, comprensiva, dolce e mi ha aiutato e accompagnato in questa esperienza del tutto nuova.

Mi ritrovo quasi senza accorgermene a fissare il telefonino spento che tengo tra le mani. Devo averle detto qualcosa per salutarla e ho riagganciato. Ma non me lo ricordo già più.

Tutta l'energia che avevo sembra essere svanita in un istante e ho solo una gran voglia di distendermi a letto.

È tutto finito! Dissolto nel nulla.

Non riesco a trovare una motivazione convincente per questa separazione, per questo repentino ripensamento. È forse la carrozzina? Il sesso? Il ricovero? O semplicemente come dicevano le mie amiche aveva davvero una sindrome da crocerossina e per lei ero solo una nuova esperienza da provare?

40

Questa sera Giorgio è venuto a prendermi per trascorrere una serata tra amici alla sagra del paese. La stessa sagra che fino all'anno scorso contribuivo ad organizzare. È la terza sera di fila che chiedo un permesso speciale per andarci e il responsabile della clinica, conoscendo quanto io ci tenga, me li ha concessi tutti.

L'amicizia con Giorgio è nata dopo esserci conosciuti nello studio di progettazione in cui abbiamo lavorato dopo la laurea. È magro, slanciato, atletico, dai capelli di un nero intenso portati sempre molto corti.

Quando arriviamo devo farmi aiutare da lui per attraversare il terreno pieno di buche del campo da calcio sul quale si svolge l'evento e, mentre lui mi spinge, io ho le mani libere per salutare tutti gli amici che incontro e che mi chiedono come sto – nemmeno fossi una rockstar.

La pesca di beneficienza è l'attrazione che da sempre preferisco e prima ancora di andare a mangiare costringo Giorgio ad accompagnarmici e a comprare una decina di biglietti. Tra i primi premi svettano un paio di sci rosso fuoco.

Nel vederli non trattengo una risata perché mi torna alla mente un episodio che ci ha visti protagonisti sulle piste alcuni inverni fa. Dopo aver completato una pista nera mi volto e vedo arrivare uno sci di Giorgio, dopo un po' l'altro e a distanza di qualche secondo compare lui, camminando a bordo pista sulla neve fresca.

«Sembrava la scena di un film comico» gli dico ricordandogli l'episodio, e ci pieghiamo dal ridere. «Mamma se hai sciato male quel giorno» lo prendo in giro poi.

«La prossima volta che andiamo vediamo chi è il più bravo» controbatte.

«Ti piace vincere facile».

Come al solito ho vinto una manciata di cianfrusaglie che regalo al bambino che mi sta accanto e, affamati, ci dirigiamo verso lo Stand Giovani per ordinare un panino farcito.

«A proposito di sci, con gli sport in generale come va?» mi chiede mentre ci accomodiamo.

La sua domanda non è casuale. Quest'inverno si era proposto di accompagnarmi sulla neve se i dottori me lo avessero concesso. Ma le mie condizioni non si erano ancora stabilizzate per cui siamo stati costretti a rimandare al prossimo anno. E poi mi conosce. Sa che sono sempre stato una persona sportiva e amante della competizione, e sa che da qualche tempo mi sto informando per poter iniziare a praticare qualche sport.

«In queste settimane ne ho provati alcuni e mentre li facevo ho pensato molto all'immagine vincente che si ha di solito del campione paralimpico. Mi sono fatto l'idea che si possa in qualche modo uscire da questa situazione di disabilità ricostruendosi una nuova immagine partendo dai successi sportivi».

«Spiegati meglio».

«Intendo dire che tramite lo sport si può dimostrare al mondo, e forse prima di tutto a sé stessi, di essere ancora in grado di fare qualcosa di buono».

Nel frattempo ordiniamo e prendiamo posto ad un tavolo. Il pensiero che mi rimbomba in testa, ancora una volta come una musica martellante, è che vorrei essere identificato dalla gente come qualcuno in grado di fare grandi imprese e che proprio lo sport potrebbe permettermi di diventarlo. Ora invece sono per la maggior parte delle persone un povero ragazzo in carrozzina.

Giorgio sembra visibilmente perplesso mentre sorseggia la sua birra quasi in cerca delle parole giuste. «Tu pensi che la gente possa davvero vedere in te l'immagine del povero disabile sfigato?» mi chiede senza mezzi termini.

«Tu non sai che occhiatacce mi lanciano alcuni quando passo. C'è chi si fa il segno della croce, chi senza nemmeno conoscermi mi dà una pacca sulla spalla come per consolarmi, c'è addirittura chi in mia presenza chiede ai miei amici cosa mi è successo, come se io fossi un idiota non in grado di rispondere».

«Be', questo è un problema che ti porti dietro da ben prima dell'incidente. Te l'ho sempre detto che non capisci niente» ride lui riuscendo ancora una volta a sdrammatizzare con ironia un tema importante.

Finalmente arrivano anche i panini e iniziamo a mangiare.

«Tornando al discorso di prima», dice Giorgio leccandosi le dita dopo aver mangiato l'ultimo boccone, «faccio fatica a credere a quello che mi dici. Io non penso ti serva costruirti un'immagine diversa da quello che sei».

«Forse perché tu mi conosci da prima e sai come ero e come sono, ma soprattutto in questi mesi standomi vicino sai cosa ho passato, quanto ho faticato per riappropriarmi della mia vita e sai benissimo quanto questi risultati siano paragonabili se non superiori ad ogni vittoria sportiva. Ma che ne sa la gente di cosa ho passato? A volte ho l'impressione che se tutto questo non mi venisse riconosciuto sarebbe come non averlo mai fatto. Una medaglia d'oro al collo invece è qualcosa che tutti riconoscerebbero subito e sarebbe il simbolo di quanto valgo».

«Ma tu pensi di avere bisogno di una medaglia al collo per sentirti qualcuno? Non pensi di aver già dimostrato chi sei e quanto vali? Non pensi che sei già speciale agli occhi di chi ti conosce e ti ha vissuto in questi mesi?»

Le sue parole non mi convincono e a sostegno della mia tesi proseguo: «in queste settimane ho incontrato più di qualcuno che mi ha proposto di fare sport. Tutti che mi dicono che sono giovane, ho un bel fisico e che potrei facilmente competere per andare alle Paralimpiadi, anche perché, dicono, in certi sport ci sono talmente pochi iscritti che quasi basta partecipare per vincere. Potrei scegliere uno di quelli».

Ridacchio.

«Non mi sembra un grande merito quello di vincere una medaglia se sei da solo a gareggiare» mi dice Giorgio.

«A me invece sembra una figata pazzesca. Ci pensi andare alle Olimpiadi? Cosa importa in quale sport, l'importante sarebbe farne parte».

«Onestamente non saprei», ribadisce poco convinto e per niente disposto ad assecondarmi. «Per me quello che sei oggi vale molto di più di una medaglia. Credo dovresti scegliere uno sport che prima di tutto ti piaccia, ti faccia sentire bene e che ti diverta. E poi casomai pensare a fare l'agonista. Se ti conosco anche solo un pochino so già che finirai per scegliere lo sport più competitivo e difficile, perché a te le cose facili non sono mai piaciute e hai bisogno sempre di nuovi stimoli per tirare fuori il centodieci percento di ciò che sei».

«La settimana scorsa ho provato l'handbike assieme al preparatore di una squadra» gli confido con un po' di timore. L'esperienza infatti non è stata esaltante come mi sarei aspettato e temo di confessarglielo. Nonostante la sensazione di libertà che mi ha trasmesso, le operazioni per salire in bici e la fatica nel pedalare mi hanno ben presto fatto pensare ad uno sport estremamente faticoso.

«E com'è andata?»

«L'allenatore prima di salutarci mi ha detto che se vorrò raggiungere qualche obiettivo importante con l'handbike dovrò impegnarmi, non solo a dimagrire una decina chili, ma a percorrere in allenamento almeno diecimila chilometri l'anno».

Quella affermazione mi aveva lasciato senza parole perché onestamente in questo momento di fare così tanta fatica non ne ho proprio voglia, né tantomeno di dimagrire. «Non sapendo bene cosa rispondergli gli ho promesso che lo richiamerò appena verrò dimesso», gli dico ripensando ai panini che ci siamo appena divorati. Dopo mesi a mangiare il cibo pessimo dell'ospedale non ho tutta questa fretta di mettermi a dieta.

«E lo richiamerai?», mi chiede Giorgio.

Prima di rispondergli penso che su una cosa però ha ragione. Quando dice che per fare sport bisogna prima di tutto divertirsi. Forse ciò che voglio davvero in questo momento è solo fare qualcosa che mi faccia stare bene.

«No! Non lo richiamerò» gli dico con convinzione.

Sento il telefonino vibrare e nel guardare il display mi accorgo che si è fatto terribilmente tardi. Il numero che compare è quello di Villa delle Rose.
Rispondo.
È Alessia, l'infermiera di turno che preoccupata mi chiede dove sono e quando ho intenzione di rientrare.
«Siamo in ritardo» dico divertito a Giorgio che a sua volta ride sotto i baffi, e con calma, senza fretta alcuna, decidiamo di incamminarci verso la macchina, non senza aver prima fatto un giro a salutare gli amici che lavorano allo Stand Giovani.
Avvicinandomi al bancone incontro Giulia e Stefano che mi abbracciano calorosamente. Assieme a loro due e a Pietro avevamo dato vita negli anni a questo progetto che oggi, nonostante la nostra assenza, continua ad essere gremito di giovani volenterosi che preparano panini a volontà.
Nel salutarli dopo una mezz'ora passata a chiacchierare mi accorgo che appesa vicino al forno delle pizze c'è una targa alla memoria di Pietro. Nel vederla mi commuovo e penso con soddisfazione come quella targa, per ciò che rappresenta, abbia un valore tale da non essere paragonabile ad alcuna medaglia. L'eredità di Pietro, capace di grandi imprese partendo dalle piccole cose di tutti i giorni, è ancora in grado di animare lo spirito di questi ragazzi.

41

Francesca viene regolarmente in Villa delle Rose per fare dei trattamenti con Antonio e all'ombra di un albero ci stiamo mangiando un gelato.

Mi piace conversare con lei. È una ragazza piacevole, pacata, intelligente e molto matura per la sua giovane età. È stata vittima di un grave incidente stradale quando ancora non era maggiorenne che le ha causato una lesione cervicale rendendola tetraplegica. È molto carina, dai lineamenti dolci, un bel sorriso, lunghi capelli castano chiaro e occhi innocenti, estremamente espressivi. Nonostante un fisico minuto e fragile, emana una forza e una solidità che a volte mi fanno invidia.

«Tra poco mi dimetteranno», le dico. «I lavori di ristrutturazione che stiamo iniziando per abbattere le barriere architettoniche di casa non sono ancora conclusi, il che non mi lascia molto sereno. Mi toccherà continuare a dormire nel salotto dei miei genitori ancora per un po'» sbuffo in modo molto vistoso facendole il verso per prenderla in giro.

Ridiamo.

Mi racconta di aver vissuto anche lei a lungo assieme ai genitori prima di trovare un appartamento dove stare e mi rassicura che un po' alla volta si arriva a fare le scelte necessarie per ritrovare il proprio equilibrio.

«Equilibrio», sospiro a voce alta lasciando per un po' vibrare nell'aria questa parola. «È proprio quello che mi manca. Ci sono ancora momenti in cui non voglio rassegnarmi all'idea di vivere una vita intera su una carrozzina», le dico con lo sguardo fisso all'orizzonte, mentre una brezza calda mi sfiora il viso.

«Ti capisco, ci siamo passati tutti. La questione però non è rassegnarsi all'idea, ma riuscire ad accettare ciò che è successo, e i nuovi limiti che questa condizione porta con sé».

Le racconto allora di aver letto pochi giorni fa l'intervista ad un atleta paralimpico che affermava come i limiti non esistano e sono solo nella nostra mente.

La vedo sospirare e con un sorriso emblematico e lo sguardo disilluso mi chiede: «e tu credi sia vero?»

Mi rendo conto di non essermi ancora fatto un'opinione precisa sull'argomento ma inizialmente la frase in sé mi aveva colpito.

Le racconto allora un episodio che mi è capitato qualche giorno fa quando, osservando gli alberi che delimitano la clinica, ho sentito profumo di muschio e mi è tornato alla mente quando da bambino accompagnavo i miei genitori a raccogliere i funghi. Non so nemmeno dire se fosse un ricordo felice oppure no. Andare per i boschi mi piaceva, ma in quanto a cercare i funghi quello proprio non lo sopportavo perché ero talmente imbranato che erano più quelli che pestavo che quelli che raccoglievo. E quando i miei genitori me lo facevano notare, mi sentivo un incapace. Ma l'altro giorno sentendo quell'odore mi è cresciuta una irrefrenabile voglia di alzarmi in piedi e andare a camminare in mezzo a quegli alberi in cerca di funghi. «E ho maledetto la sfortuna e questa carrozzina che mi impedivano di farlo».

«Però, se ci pensi bene, da quanto mi hai detto questa cosa in realtà non ti è mai piaciuta farla. Ti sei chiesto perché ora ti andava?», mi chiede mentre cerca nella borsa un fazzolettino per pulirsi le mani sporche di gelato.
Silenzio.
«Forse perché non lo posso più fare?» dico timidamente.
«Esatto. Ci sono cose che desideriamo solo perché non le possiamo più avere e questo desiderio talvolta è così forte da farci impazzire», mi dice lei quasi a farmi intuire quanto abbia già sofferto in passato prima di capire tutto questo. «Ma se ci ragionassimo un po', cercando di lasciare da parte l'emotività, scopriremmo migliaia di cose che possiamo ancora fare e che oltretutto ci piacciono molto di più senza ostinarci a voler fare quelle che non ci piacciono solo per dimostrare a noi stessi che ne siamo ancora capaci».
Rimango in silenzio pensando a quante cose mi piacerebbe fare, immaginandomi mentre viaggio, scio, ballo, volo…
«Per cui come vedi i limiti esistono, ma per riuscire a superarli dobbiamo prima di tutto imparare a riconoscerli» prosegue Francesca. «A volte invece ci vengono imposti dalla società. Credimi se ti dico che troverai molte più persone che ti diranno "poverino" guardandoti su quella sedia vedendoti triste e abbattuto rispetto a quante ti diranno "bravo" o ti faranno un complimento perché sei sorridente e solare. Il mondo si aspetta che tu sia triste, e se le persone ti vedono stare bene penseranno ci sia qualcosa che non va. Perché chi non prova quello che abbiamo provato noi, non può

comprendere che è possibile arrivare a stare bene nonostante tutto. Saranno pronti a compatirti, ma quasi mai a comprenderti. E scoprirai che è più facile farsi compatire che far capire alle persone che si è felici. Felici per davvero».

In silenzio contempliamo le colline rischiarate da un caldo sole estivo.

È ancora vivido in me il ricordo di come mi sono sentito al matrimonio di Anna e Matteo, alle ore passate a ridere con Sara, Stefania e tutti gli amici che sono passati qui a trovarmi. Possibile che questi episodi possano diventare la normalità? "Sto meglio ora rispetto a quando camminavo", aveva detto il "paziente moralizzatore" quel giorno durante l'incontro in palestra. Le sue parole, che mi avevano tanto ferito mesi fa, mi tornano ora alla mente come un lampo di luce. Che volesse semplicemente dire che possiamo ancora essere felici?, mi domando.

Osservo Francesca maneggiare con difficoltà i tasti del cellulare che tiene infilato al collo con un cordino. Per lei anche le operazioni più semplici richiedono un impegno importante, eppure a guardarla sembra non le pesi. Preso un po' di coraggio, e con il timore di sembrare al suo confronto uno che si lagna inutilmente, provo a confidarle i miei dubbi: «quindi tu dici che si può essere felici per davvero?»

Dopo averci riflettuto un po' mi dice: «sì, Valerio. Essere felici non vuol dire che tutto sarà facile. Forse la felicità che possiamo raggiungere è ancora più intensa proprio perché ottenuta con estrema fatica e sacrificio. Il segreto sta nel capire quali opportunità si celano dietro alle difficoltà che la vita ci pone».

42

Mentre attendo il sorgere del sole contemplo le onde del mare incresparsi all'orizzonte e lentamente colorarsi di riflessi gialli ed arancioni e mi lascio accarezzare dalla brezza calda che spira da sud.

È febbraio, ma le temperature qui sul Mar Rosso sono ancora miti, tanto che, indossando solo una leggera felpa di cotone, ho deciso di svegliarmi presto e raggiungere la spiaggia per godere di questa meraviglia che ogni giorno si ripete senza sosta e che ha l'enorme potere di farmi sentire vivo.

Sono passati cinque mesi dalle dimissioni e una volta terminati i lavori di ristrutturazione del mio nuovo appartamento ho pensato che fosse giunto il tempo di concedermi una vacanza e di cominciare a riallacciare i pezzi della mia vita che avevo interrotto nell'estate di due anni fa. E così, senza pensarci due volte, ho deciso di cominciare proprio da quel progetto che raccontavo a Claudio: fare immersioni nella barriera corallina.

Nel frattempo, il sole, sbucato all'orizzonte, sta velocemente salendo in cielo. Il calore dei suoi raggi mi scaldano il viso. La sedia a rotelle è ormai diventata la mia compagna di vita, e nonostante sia sempre qui a ricordarmi ciò che è successo, quei giorni e quella triste stanza di ospedale mi sembrano solo un lontano ricordo.

E mentre scaldato dal sole levo la felpa e penso al mio recente passato sento provenire dalle mie spalle una musica dolce e melodica. È il segnale che la lezione di subacquea sta per iniziare. Così, attratto da quelle note, con il sole a proteggermi le spalle, mi dirigo verso il mio nuovo futuro.

FINE

NOTE DELL'AUTORE

Alcuni degli avvenimenti narrati e i nomi di molti personaggi sono stati inventati perché potessero essere funzionali al racconto. Nello scriverli ho cercato di rimanere fedele alle emozioni, paure, incertezze, speranze, aspettative che vivevo io in quei giorni.

Dal giorno delle mie dimissioni di cose ne sono successe moltissime, alcune previste, altre solo sperate, molte nemmeno immaginate e del tutto inattese ma per raccontarle tutte mi ci vorrebbe un altro libro.

Una cosa vi posso dire, nel guardare i boschi non ho più avuto il desiderio di andare a funghi.

Damiano

RINGRAZIAMENTI

A Valeria, alla quale ho dedicato il nome del protagonista, per avermi sostenuto e incoraggiato in questa nuova esperienza letteraria.

A Carlotta, per avermi aiutato con pazienza e dedizione a tirare fuori la mia vena artistica.

A Laura, Giorgio, Anna, Adriano, Silvia, Wendy per l'amicizia dimostrata nel leggere con pazienza e curiosità la prima bozza di questo lavoro ed avermi restituito consigli utili ed incoraggianti.

A quanti hanno promesso di leggere il mio libro per l'amicizia che ci lega dandomi ulteriore slancio nel portare a termine questo lavoro.

A quanti leggeranno questo libro e nel trovarlo piacevole desidereranno condividerlo e consigliarlo ad un amico.

Ai personaggi di questa vicenda, alcuni dei quali, camuffati sotto mentite vesti, esistono realmente ed hanno condiviso con me momenti di vita particolarmente intensi.

A tutti quelli che in maniera più o meno significativa hanno contribuito a rendere reale questo libro.

A quanti, per motivi narrativi, non hanno trovato spazio in questo libro, ma hanno lasciato una traccia indelebile nel mio cuore.